シェイクスピアの世界

SHAKESPEARE
A Crash Course

シェイクスピアの世界

SHAKESPEARE
A CRASH COURSE

ロブ・グレアム 著

佐久間康夫 訳

発行
ぼんのしろ
開文社出版
発売

SHAKESPEARE: A Crash Course
by Rob Graham

Copyright © The Ivy Press Limited 2000

This translation of *Shakespeare: A Crash Course* originally published in 2000 is published by arrangement with THE IVY PRESS Limited through Tuttle-Mori Agency, Inc., Tokyo

本書は 2000 年に IVY PRESS より英文で刊行された *Shakespeare: A Crash Course* の日本語版であり、同社の許可を得て刊行している。

ISBN978-4-87571-998-4

目次

まえがき　8

バビロンの都の劇聖！
悪魔の礼拝堂の生徒たち　12

エリザベス朝の楽しみ
祭り、大騒ぎ、軽挙　14

それでシェイクスピアって誰だったの？
なぜ1枚も写真が残っていないのか？　16

彼女は農夫の娘に過ぎなかった……
シェイクスピア家とハサウェイ家　18

でもほんとうの彼はいったい何者だったの？
オックスフォード伯、それともフランシス・ベーコン、あるいはエルヴィス？　20

シェイクスピア崇拝は永遠に
途方にくれて、そうしてシェイクスピアを発見した　22

ワイルド・ビルと失われた年月
密猟していたのか、祈りをささげていたのか、異星人にさらわれていたのか？　24

草稿とファースト・フォリオ
ぞんざいななぐり書きから戯曲選集へ　26

シャクスペールのつづり方教室
スペルチェッカーの代わりにならないもの　28

ビルとベンは飲み仲間
シェイクスピアとジョンソン、推参つかまつる　30

征服王ウィリアム
飲酒、肉欲、けんか、詩作　32

すべて王の臣下……
劇団とライバル意識　34

「それには芝居だ……」
ローマの廃墟から創作するシェイクスピア　36

熊いじめからブラックフライアーズ座へ
不面目な役者たちとむかつく観客　38

ウィルと遺書
最後に遺した言葉？
いやあ、じつはね……　40

輝くものすべてが……
都市のシェイクスピア　42

宮廷祝典局長は何もかもがまんならない
セックスも遠慮してもらおう　44

痛いときだけに笑えます！
懲罰、囚人、快活な免罪師ポーシャ　46

ボトムの名の下に
名前にはどんな意味があるの？
けっこう何でもかんでも　48

シェイクスピアの世界　5

出番です、デンマーク人、
　王子は仕返し、亡霊は高いびき　50

破綻したスコットランド人
　王になりたかった男　52

「やあ、やあ。いやあな奴！」
　（しゃくにさわるこぶ、取ってくれんかい）　54

ウィルったら、またあのキノコ食べたの？
　『夏の夜の夢』　56

「無からは無しか生まれない」
　ゴーディ・リアと3人の娘　58

ムーアっと見れば見るほど
　（悪くなる一方で）　60

ドクター・プロスペローの島
　魔法にかかったんだって、まあ、ほうなの　62

家庭のないしょ話
　ロミオとジュリエットの恋のなりゆき　64

ローマ史劇
　タイタス、トニー、タイモンその他の
　トーガ・トラブル　66

ヘンリーの一族——なんぼ言うたかて、
　何部作の男たち
　『ヘンリー6世』と『ヘンリー4世』　68

歴史劇——第2部
　『リチャード2世』、『ジョン王』、
　『ヘンリー5世』、『ヘンリー8世』　70

変装、策略、ちょっとばかり異性装
　軽妙な喜劇の機知合戦　72

問題劇
　あるいは、不機嫌なシェイクスピア氏　74

晩年の劇
　ウィルはおなじみの柔和な表情に　76

長編詩と艶っぽいソネット
　アイアンビック・ペンタミーターって、
　新しいコンピュータのこと？　78

劇聖って、もしかして両刀遣い？
　詩人とダーク・レイディと魅力的な男性　80

ピューリタンが来たぞ……
　暗い顔つきをしろ！
　演技、笑い、人生を非難する倫理観　82

連中が町に帰ってきた！
　あの出し物をもう一度やろうぜ　84

身の毛もよだつ中流階級
　ウィリアムとメアリーから
　偉大なるギャリックへ　86

血の臭い、稲妻の閃光！
　偉大な俳優と酔っ払いの手にかかる
　シェイクスピア　88

あれ、どういうこと、
　インクが乾いてないぞ？
　ウィリアム・ヘンリー・アイランド、
　並はずれた贋作者　90

ビルは大当たり
　劇聖とヴィクトリア朝的価値観　92

基本に立ち返れ
　20世紀に突入するシェイクスピア　94

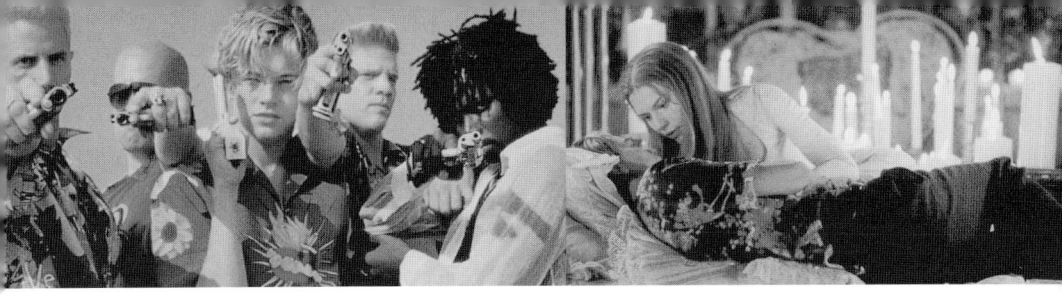

国際的な宣伝！ 　翻案、ぶらんこ、棒あやつり人形　　96	お〜、愛の言葉 　乗りまくってますね、恋の詩人　　118
この世はすべて音声つきの舞台 　映画のシェイクスピア　　98	「汚らわしい行為にまとわりつく不浄」 　呪文、凶悪な堕落、邪悪な腐敗　　120
再現・再生されるシェイクスピア 　イギリスの映画やテレビにおける劇聖　100	「もし健康食品が恋の糧であるならば……」 　飢饉、二股の大根、そそる女性　　122
書き直され、魅力をますシェイクスピア 　アメリカ映画と偉大なウェルズ　　102	「言葉の比喩より、内容が大事」 　這いまわるハムレット、歯をむく枢機卿　124
マカロニ・ウェスタンとマンガ 　ヨーロッパにおけるシェイクスピア映画　104	具合が悪いって？　そいつは 　　天王星のせいだ 　天文学、天体と疾病　　126
ボンベイからメキシコまで 　世界を翔けめぐる劇聖　　106	苦しめ、悩め、倍の倍 　魔法、肉欲、おしゃべり悪魔　　128
RSC 以前は盛り上がっていなかったの？ 　フェスティバルから劇団結成まで、 　そして未来へ　　108	
世界の中のグローブ座 　バンクサイドの夢とテキサスの 　時間のゆがみ　　110	まかせなさい、私は医者だ…… 　（ちょうど特効薬をもっているよ！）　130
シェイクスピアならどこでも大繁盛！ 　世界中のシェイクスピア・ 　フェスティバル　　112	「マクダフ、私を転送してくれたまえ！」 　劇聖も想像すらつかないところへ　132
「あんた、いい阿呆になれるね」 　ジグ踊りのコメディアンと 　ヴォードヴィリアン　　114	サイバースペースを超えて 　シェイクスピアでネットサーフィン 　すると　　134
こんちくちょう！　松明でたたき落として 　やろうか、このトンビ野郎！ 　侮辱するシェイクスピア　　116	エンドピース　　136 演劇用語集　　138 訳者あとがき　　142 シェイクスピア作品推定創作年代リスト　144

シェイクスピアの世界　7

まえがき

本書はウィリアム・シェイクスピアをめぐる書物である。彼は今でこそ「劇聖」と讃えられる作家だが、その生涯に関して驚くほどわからないことの多い、歴史の霧のかなたの人物でもある。にもかかわらず、歴史上もっとも有名で、引用される回数も（また間違って引用されることも）一番多い作家なのである。38編の芝居と4冊の詩集と154編からなるソネット集を紡ぎだした、彼の恐るべきボキャブラリーは概算でほぼ3万語とされているが、これは通常の人間の3倍にのぼる。彼が日記をつけていなかったのは、なんともはや残念なことであった！

シェイクスピアの著作を凌駕するものなど、まず考えられないだろう。そのすべてにおいて、言葉、比喩（正確にいえば、7342にもおよぶ）、アクシ

> 《本書のなりたち》
>
> 見開きページごとに、1編の芝居、1グループの芝居、シェイクスピアの生涯のある時点、後世の人が彼をどう扱ったか、などをとりあげている。多かれ少なかれ、年代順に配列されている。見開きごとに何らかのテーマをもうけてある。すぐに慣れてくれるものと思うが、8–11ページにコラムの内容に関して少々説明しておいた。

「あのね、あんたの住所わかってんだからね」。1955年製の映画でリチャード3世に扮するローレンス・オリヴィエが友達にあいさつする

ョン、詩、ユーモア、韻律、心理的かつ哲学的な洞察の鋭さ、信じがたい美しさや、力強い思想・感情を生みだすメタファーがあふれかえっているのだ。だがシェイクスピアは子孫のためにこれらの著作を残したわけではない。彼は目の前にいる観客を喜ばすために書かなければならなかった。それゆえに、独白あり、高尚なせりふあり、ばかげた地口あり、侮辱あり、いや完全なノンセンスあり、というごたまぜの世界が生まれたのだ。いろいろなところから、またいたるところから、彼は物語を借用した。そのあるものは率直にいってお笑い種でしかない。登場人物のある者は、ときにショッキングなほど俗っぽく、中にはがなりたて、わめきちらす輩すらいる。しかしシェイクスピアは全身全霊をこめて、知性にみちた雄弁術を駆使し、様式美を獲得したのである。彼はあえて危険を冒す道を選んだのだ。退屈な物語やブランク・ヴァースを、普通の人々の言葉から学者、聖職者、貴族、哲学者の言葉にいたるまで、あらゆる人の言葉を語りうる完璧な形式へと変容させたのである。彼は真の天才をもって、豚の耳から美しい絹の財布を作ったのである（粗悪な材料から完璧なものを仕上げる、の意）。

「ほんとうにヘンリー王になった気分だ」。映画『ヘンリー5世』のタイトル・ロールに扮するケネス・ブラナー

《登場人物表》
劇聖に影響をあたえた役者たち、制作者、劇作家、登場人物、貴族、庶民について。また、彼の名前を濫用した後世の人たちについて。

数々の伝説に彩られたチャンドス・ポートレイト

　エリザベス朝の劇場はシェイクスピアにとって完璧な舞台だった。その劇場たるや、想像

シェイクスピアの世界　9

《大向こうのゴシップ》

エリザベス朝演劇では、着座席を購入するだけの金銭的な余裕がなく、舞台の周りで芝居を立ち見していた、ごくありふれた観客のことを平土間の客と呼んだ。このコラムでは、芝居がはじまるのを待つ彼らがどんなおしゃべりをしていたか、多少のヒントとなればいいと期待している。

力が命、舞台装置はなく、道具類もわずかばかりであったから、すべてが台本の上に書かれていなければならなかった。（たとえば『マクベス』では、場所がどこなのか、1日のうち何時頃なのか、また天候の具合はどうか、などを描写するせりふがものの 40 もあるのである。）それはまた観客の存在を意識して演じるタイプの演劇でもあった。逆に観客のほうでも、激情と偉大さ、悪と幻想、超自然に彩られた物語を見たがり、それらの物語が自分たちの短く辛い人生に関わりのある真実の問題であることを望んだ。シェイクスピアはそれに応えた。いや、それ以上のことをなしとげたのである。

シェイクスピア作品は、世界中のほとんどあらゆる国々で、翻訳され、出版され、翻案され、映画化・テレビドラマ化されている。その名前は、地球という惑星の上で一番有名な名前だろう。インターネットはさらに発展していくことだろうが、すでに50万件を超えるウェブ・ページが見出される。そのなかにはきわめて有用なものもあり、彼の生涯、作品、関連する諸問題が扱われている。

批評家や教育者は、芸術、詩、劇作品が「ほんとうに」意味するものは何か、とつねに説

「隠して、隠して、お嬢さん、お客が見ているんですよ！　それともおかしくなったんですか？」

今晩森に出かけていくと、えらいことに……

「涙なくしては見られない……」再び不滅の映画化がなされたシェイクスピア

明することを怠らない。多くの人がシェイクスピアを研究するのに多大な時間を費やし、貴重な成果が生まれている。だが、私たちもシェイクスピア自身がそうであったように危険を冒さなくてはならない。私たち自身の直観を信じて、何がよいか、悪いかを見きわめなくてはならないのだ。1714年に、ジョウゼフ・アディソンが書いているように、「何ひとつとして汚されたものがないところ」で批評家が作りだしたものを読むよりも、「ひとつとして遵守すべき規則がないところ」でシェイクスピアを読むことの方がいっそう大事なのだ。この小著を利用して、実際にあなた自身の目で芝居を見に出かけてほしいと願っている。

ロブ・グレアム

《年表》

歴史年表というよりは、作品が書かれ上演された（映画化・テレビドラマ化、あるいは勝手に改竄された）時分に起きていた主要な出来事を年代順に配列して、文脈がつかみやすくした表。

シェイクスピアの世界　11

1547年
イワン雷帝がツァールの称号をもつ最初のロシア君主となる。この称号はラテン語の皇帝の意味になった「カエサル」に由来する。

1550年代
イギリス人の商人が黄金と奴隷を求めてアフリカ西部ベニンに上陸する。

1577年
ラファエル・ホリンシェッドが『イングランド、スコットランド、アイルランドの年代記』を出版、シェイクスピアの歴史劇の多くに素材を提供した。

1547年から1598年にかけて
バビロンの都の劇聖！
悪魔の礼拝堂の生徒たち

　1585年から1592年の間のどこかの時点で、シェイクスピアに上京の夢を抱かせたロンドンという都市は、けっして黄金の舗装が敷かれた街ではなかった。収穫の乏しい年には食糧を求める反乱が起こった。（実際、エリザベス女王は1595年に戒厳令を発しなければならなかった）。1588年にイングランドはスペインの無敵艦隊を撃破し、これには国民の全員が浮かれ騒いだものだが（スペイン系の人でなければ、の話だが）、数年後にはペストの流行によってその満面の笑みも凍りついてしまった。もっとも演劇は隆盛をきわめる一途をたどり、ピューリタンたちにロンドンを別名「肉欲と不謹慎の都バビロン」と呼ばしめたほどだった。そう、ストラットフォード出身の有望な若き劇作家にとって、演劇がこのうえない天職でないとしたら、ほかに何があったというのだろう。

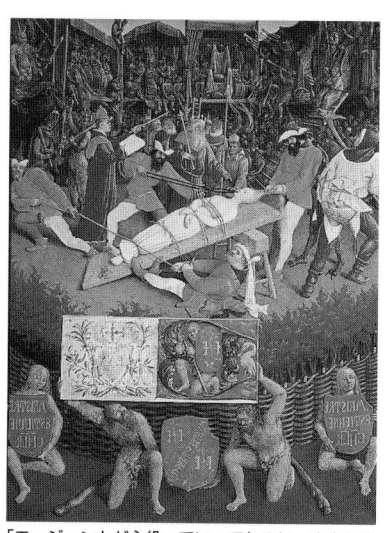

「エージェントが主役っていってたのに、まさかこんな役だとは思わなかった！」『聖女アポローニアの殉教』の野外の上演

　14世紀以来、道徳劇（モラリティ・プレイズ）と聖史劇（ミステリー・プレイズ）が民衆の娯楽の代表だった。宗教改革のさなかの1547年には上演禁止令が出されたけれども、共同体がおこなう、こうした野外の劇は1570年代まで存続しおおせていた。概して、それらの劇は馬が引く山車の上で上演され、演技者は職人たちだった。（「ミステリー」という語は「職業」という意味の古語で、聖人がおこなったと伝えられる「秘儀」の意味ではなかった。もし私の言うことが信じられないなら、あなたの家庭でだれか職人さんが働いているときの様子、仕事中に連中が何をしていたかを思い浮かべてみてほしいものだ）。聖史劇や道徳劇と並んで、生徒たちが学校で上演するために書かれた「学校」演劇もあった。それらの中でもっとも有名なのは、1550年にニコラス・ユーダル(1504-56)が書いた『レイフ・ロイスター・ドイスター』と1560年頃にウィリアム・スティーヴンソン(1521-75)が書いた『ガートンばあさんの縫い針』だろう。1561年にはトマス・

「よし、ぼくはホテルを予約するから、ショーのチケットは頼んだよ」聖史劇より東方の3博士

1581年
かごがイングランドでは常用されるようになる。

1582年
うるう年がはじめて導入される。2月29日には女性からの結婚申し込みが許されるという伝統はずっと後の話。

1583年
ガリレオ・ガリレイがピサの大聖堂で揺れるシャンデリアを自分の脈に合わせて計測する。振り子の運動が重さや偏りに関わりなく一定であることを発見。

サックヴィル (1536–1608) とトマス・ノートン (1532–84) の『ゴーボダック』が法学院のひとつインナー・テンプルにおいて女王の御前で初演された。退屈な芝居ではあるが、少なくとも（当時よく上演されたラテン語によるローマ劇とは違って）英語のブランク・ヴァースで書かれていたため、のちにシェイクスピアが至誠をこめて追究することになる5幕構成の悲劇を確立するのに大いに力があったのである。

1576年までにはブラックフライアーズ座のような上流階級のための私設劇場が繁盛していた。そのような劇場ではチャペル・ロイヤル（王室礼拝堂）合唱団の少年俳優たちの演じる芝居が見られたのである。その1576年には、ジェイムズ・バーベッジ（1530頃–97）がシティ地区の郊外にあたるショアディッチにシアター座という屋外の公衆劇場を建設した。（なぜならピューリタンやロンドンの長老たちは、かような「悪魔の礼拝堂」を市内に建てることに反対したからである）。1598年12月に、この劇場建物の枠組はテムズ川南岸バンクサイドに移築されて、グロ

> 《登場人物表》
>
> 職業俳優は16世紀の間に人々の尊敬を勝ちえて、王侯貴族の庇護を受けることができるようになった。もっともこれには政治的・宗教的な攻撃から身を守るために必要だったという一面もある。ヘンリー8世は8名の役者を保護していたほどである。シェイクスピアにとって幸運だったことに、ロンドンに出てきた頃には、新しい才能を発掘しようと躍起になっている劇団やスポンサーたちが、自分を雇うための準備をして待っていてくれたのである。

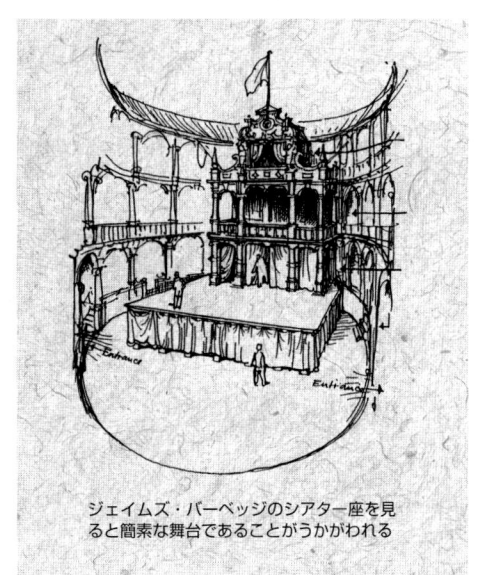

ジェイムズ・バーベッジのシアター座を見ると簡素な舞台であることがうかがわれる

ーブ座として生まれ変わったのである。シアター座誕生とともに芝居の上演を専一の目的とした恒久的な建築物がはじめて建てられたことになる。若き日のウィルが俳優兼作家として活動をはじめたのはこうしたところだった。世人言うところの「歴史が生まれた」というわけである。

> 《大向こうのゴシップ》
>
> 「仮面劇と勝利」というエッセイにおいてフランシス・ベーコンは、舞台監督がいかに特定の色彩を舞台上で用いて特殊効果を生みだしているか、について記述している——たとえば「白、深紅、海の青」がろうそくの灯りに映えていた、といった具合である。彼の思いだすところによれば、仮面劇の登場人物は、「道化、サテュロス（半人半獣の怪物）、ヒヒ、未開人、妖精、魔女、こびと」だったという。

シェイクスピアの世界　13

1558年
史上初の人形の家がドイツで建てられる。

1576年
日本の武将、織田信長が近江に堀をめぐらせた安土城を築く。

1586年
75トンのオベリスクがローマの聖ペテロ広場に建てられる。ネロの広場から320メートル（800フィート）移転するのに、907名の人員と75頭の馬を必要とした。

1547年から1600年にかけて

エリザベス朝の楽しみ
祭り、大騒ぎ、軽挙

　16世紀末は毎日が楽しい浮かれ騒ぎに満ちていた——むろん、ペストの脅威を逃れることができたなら、の話ではあるけれども。チューダー朝の祭りは大部分、すべての人が共有できるものだった——現代的な意味での「階級差別」という概念は存在していなかった。経済的にはさまざまの集団があったが、イギリス人は主要な部分が共通する文化にたいして一体感をもっていたし、以後ずっとこの時代に懐旧の情を抱き続けているのだ。

> 《怖がらせるに十分》
> 　民衆の祝祭に見られる風変わりな要素は「神秘的な動物寓話」と「一陣の風」（霊魂の存在を意味する）だった。告解火曜日にたらふく食物を平らげる習慣は、霊魂の回帰をめぐる超自然的な信仰と結びつくものだ（「おおっと、失礼……、あれは大おじのフレッドだ！」）。

宮廷の宴会を楽しむエリザベス女王（ああ、なんという興奮状態）

　共同体の祝祭には主に3つのタイプがあった。シェイクスピアがそのすべてにおいて存在感を示したであろうことは間違いなかろう（ほとんどの際には演じる側だったにしても、まれには酔っ払っていた場合もあったろう）。自作の芝居の多くでそれらに言及しているほどである。民話や物語に根ざす「民衆」の祭り、聖史劇や笑劇、クリスマスや新年の祝宴、5月祭、夏至祭といった季節の祝祭には、歓楽があふれ、無作法な歌や作り話や風刺詩が歌われた。ある注釈者の言葉によると、一番笑った者は「子どもたち、女性、庶民」であったという。野卑な物語は人生の厳しい現実とことさらに対照を形成したことだろう。実際そこには20世紀の批評家ミハイル・バフチーンによって定義づけられ、現代の切れ者たちが「祝祭」と呼ぶようになったもののすべてが内包されていた。世界を逆転させること（パロディ）、物質や肉体に専心すること（身体機能）、反対や矛盾を受容すること

1590年
ハートフォードシャーに3.6平米の巨大なベッド、「ウェアのグレイト・ベッド」が、主として観光客を集める目的のために設営される。

1592年
劇作家ロバート・グリーンが『成り上がりの宮廷人のための警句集』と題するパンフレットを出版する。同年、放蕩がたたって死去。

1593年
劇作家クリストファー・マーロウがデットフォードの酒場で不可解な状況下に惨殺される。

（生／死）などなどである。まさにそのようにして道化や阿呆は、辛らつな切れ味、陰険な一面、沈うつな深みといった性格を獲得しえたのである。この点は、シェイクスピアを知れば知るほどに、理解が深まるはずだ。

民衆の祝祭と並んで、「パジェント」もあった。プラットフォームやワゴンと呼ばれる移動式の「舞台」からなる盛大な行列のことである。本来パジェントという語は、ペンテコステ聖霊降臨日の後の木曜日に祝われるコーパス・クリスティ祭で上演される聖史劇を指して使われた用語であった。しかしながら、宗教改革のさなかの1547年にコーパス・クリスティ劇を上演する職業ギルドは解散を命じられた。とはいえ、爆発的な人気を誇ったパジェントは生き延びて、エリザベス1世は巧妙にもプロテスタントの祝日表にもぐりこませたくらいである（女王は決して愚か者ではなかった）。パジェントは結局世俗化されて、ロンドン市長就任披露のパレードへと変貌し

《**登場人物表**》

いつの世も支配階級の人間というものは、民衆の祭りが正統的な宗教にたいして不敬の念を助長する、とこぼしてきたらしい。当時の宗教裁判の記録を見ると、教会の会衆が説教の最中にモリス・ダンスを踊りはじめたり、教会堂の周りで大笑いしたり狂態を尽くしたり、またある時などは女性が男の衣装を身にまとって教会に来たこともあったそうだ。

たのである。

最後に挙げられるのは、大体が貴族の出席をえておこなわれた宮廷の祭典である。戴冠式や、冬や夏といった季節におこなわれる宮中の参賀（44ページ参照）に引き続きなされた行事だった。馬上槍試合も人気を博した。クリスマスの余興や、豪勢な田舎の邸宅で催される、花火や水芸や仮面劇を出し物とする盛大な夏季の祝宴もまた同様であった。当時の人々は人生の楽しみ方を心得ていたものらしい。

《**大向こうのゴシップ**》

ピューリタンたちは祝祭を禁じようと試みた（セックスや笑い、その他動悸が昂進しそうなものは何であれ）。1549年4月のこと、ラティマーという名前の哀れな主教が説教しようと教会に赴いたところ、建物に鍵がかかっていたという。信徒たちは最後の審判をめぐる陰鬱な話をだらだら聞かされるよりは、ロビン・フッドを祝う地元の浮かれ騒ぎに参加する方がいいと決めたからだった。

多層式の駐車場でおこなわれる市長就任の行列

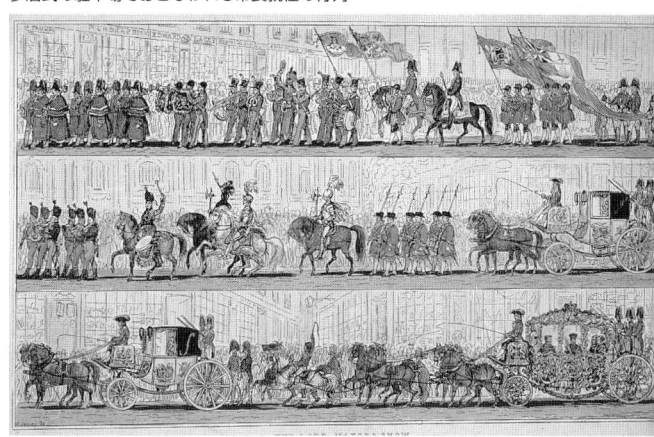

シェイクスピアの世界　15

1501年
プラハではじめての讃美歌集がセヴェリンによって編集され、印刷される。89編のチェコ語の賛美歌が収録された。

1519年
フェルディナンド・マゼランが5隻の艦隊を率いて西インド諸島を経由して東インド諸島に到着する航海に出発。彼はセブ島で殺されるが、1隻の船が帰還、事実上初の世界周航者となる。

1598年
イギリスのエッセイスト・科学者フランシス・ベーコンが負債のため逮捕される。

1500年から1616年にかけて
それでシェイクスピアって誰だったの？
なぜ1枚も写真が残っていないのか？

　シェイクスピアという名前は中部イングランド、とくにウォリックシャーには点在していた家系であった。ウィリアムの祖父に当たると推定される人物、リチャード・シェイクスピアは、1528年頃にストラットフォード近郊に住みついている。彼は1560年に逝去、2人の息子ハリーとジョン、他に何人かの子どもを残した。ハリーおじさんはならず者の気味があったようだ。1574年にはパブでけんかをしたとして、さらに1596年には道路の補修に協力しなかったかどで罰金を課されている！

　一方、ジョンのほうは堅実な人物であったらしい。なめし皮を作る職人となった彼は、革製品の製造に従事して生計を立てていた。1558年に近在の教区の娘メアリー・アーデンと結婚、全部で8人の子どもをもうけたが、ウィリアムはそのう

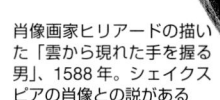

肖像画家ヒリアードの描いた「雲から現れた手を握る男」、1588年。シェイクスピアの肖像との説がある

ち3番目だった。幼き劇聖は1564年4月にウォリックシャーのストラットフォード・アポン・エイヴォンのヘンリー・ストリートで誕生、数か月後にストラットフォードを襲ったペストの猛威を免れることができた。彼の育ったウォリックシャーの田園地帯は彼の心に終生消えがたいイメージを形づくり、それはのちに芝居の中で、花、植物、田舎の風習について触れる際に再現されている。
　ウィリアムは地元の紳士階級の子息が通う学校キングズ・ニュー・スクール（ストラットフォードのグラマー・スクール）で教育を受けた。大学に行かなかったことはまず確実。学校では、ラテン語の文法を学び、ギリシャ・ローマの古典文学

ストラットフォード・アポン・エイヴォンのヘンリー・ストリートにあるシェイクスピアの生家

1600年
エリザベス1世の衣装目録には102着のフランス製ガウン、99着のローブ、125着のペチコートが含まれる。

1607年
ジェイムズ王のイングランドとスコットランドを合併させようとする計画が失敗に終わる。

1616年
ウォルター・ローリーが大逆罪のかどでロンドン塔に収監されるも、黄金郷エル・ドラド探索のために執行猶予となる。

> **《大向こうのゴシップ》**
> シェイクスピアが亡くなったのは、4月23日、聖ジョージの記念日。1564年にストラットフォードのホーリー・トリニティ教会で洗礼を受けたのは4月26日だった。生後数日たってから洗礼を受けるのが普通だったため、誕生日は他界の日と同じ4月23日だったろう、と推測されている。

を読んだ。(その中にはイソップの『寓話』、そしてセネカやテレンティウスやプラウティスの劇が含まれていたが、それらはいずれいっそう興味深い代物へと変貌するのを待っていたというわけ)。シェイクスピアがどのくらいの期間学校に通っていたかはわかっていないが、彼の生涯を調査した俳優トマス・ベタートン(1634–1710)は、ジョン・シェイクスピアは家運の没落しかけた1577年頃にウィリアムを退学させて、息子を皮革製造業の徒弟に出したのではないかと主張している。

じつはウィリアム生誕の頃の父親はかなりの成功をおさめていたのだ。しかし、13年後には、職業が傾きはじめている。彼は町のベイリフ(町長)という高い地位に就いたほどだったが、運が下り坂になると、職務怠慢のかどで町議会の参事会員職を失ってしまう。1592年、若き日のウィルがロバート・グリーン(1558–92)に「成り上がりのカラス」として不快感を与えた頃には、彼のかわいそうな父親のほうは債権者に見つかるのを恐れて教会の礼拝にも出席しなくなっていたのである。その後の9年間、ジョンは1601年に亡くなるまで息子の世話になっていた。のちにウィリアムが経済面でも成功をおさめるよう努めたのには、人生をめちゃくちゃにしてしまった父親の姿

「煙突掃除をせにゃなるまいな」1888年出版の漫画雑誌『ホッブズ』に掲載された天才シェイクスピア

を目の当たりにしたことが一役買っていたのかもしれない。

> **《登場人物表》**
> ジョン・シェイクスピアは1576年に紋章の使用許可を願い出て、却下されている。なぜなら彼はさまざまな困難に悩まされていたのだ。彼は所有財産を担保に入れていた。親類縁者などにも負債を負っていた。対人関係で敵を多く作り、「殺害および四肢を切断される恐れ」から人身保護令状の申請もしているくらいだ。ウィリアムは後年(1596年)になって父親のために紋章を請願し、認可を得ている。

1568年
オランダの地理学者・地図作成者ゲラルディウス・メルカトルが方位を正しく表示する世界地図を発明、より正確な航海に寄与した。

1577年
軍人フランシス・ドレイクがペリカン号で初の世界周航に出発する。

1589年
トマス・キッドが復讐悲劇流行の端緒となる『スペインの悲劇』を執筆する。

1556年から1652年にかけて

彼女は農夫の娘に過ぎなかった……
シェイクスピア家とハサウェイ家

アン・ハサウェイはウォリック伯爵からヒューランズ・ファーム（現在のアン・ハサウェイの屋敷）を借り受けた農夫リチャード・ハサウェイのおそらくは長女だったろう。リチャードは遺書の中で娘のアグネスに10マーク（6ポンド13シリング4ペンスに相当）を遺贈しているが、この娘こそアンその人で（というのは当時アンとアグネスは交換可能な名前だったので）、父親は娘の結婚前に死亡した。アンについてはほとんど何も知られていないのは、ストラットフォードの教区に洗礼の記録が記帳されるようになる以前に生まれたからだろう。だが、1623年に死去した際には67歳であったとする墓碑を信じるなら、シェイクスピアより8歳ほど年長であったことがうかがわれる。

夕景に映えるヒューランズ・ファームことアン・ハサウェイの家。シェイクスピアがこれほど牧歌的な眺めを楽しんだかどうかは定かではない

18歳のウィルがいつもさまよいこんでいた例の野原でアン・ハサウェイに出会ったのは1582年の9月のことだったろう。というのも同年の11月までに彼女は妊娠3か月の身重になっていた。2人は結婚せざるをえなかった——当時のしきたりにしたがえば。家族計画のカウンセリングも、社会保障も整備されていなかった時代のこと。このような問題は教会の確固とした監督下にあった。結婚式をあげてはならないというレント（四旬節）の時期だったので、ウスターの主教区法廷に出向いて、特別な許可を取らねばならなかった。

1583年、2人の間に娘スザンナが誕生、5月16日に洗礼を受けている。2年後、アンは双子ジュディスとハムネットを産み、こちらは1585年2月2日に受洗している。ハムネットは1596年に理由は不明だが死亡している（ああ、哀れなハ

《年上の女》

アン・ハサウェイについては、「作家より8歳年長の、かかあ天下の、人の目を引くほどに男まさりの女性で、年下の夫にたいして長の年月にわたり嫉妬に狂い、執念深くとりついていたが、その悩みの種はだんだんに夫を怒らせ、ついには飽き飽きさせてしまった」とする評判がつきまとっている。もしもこれが真実を言い当てているなら、ウィリアムのロンドン出奔の理由を説明できることだろう！

1604年
トマス・デッカーとトマス・ミドルトン合作の『貞節な娼婦 第1部』がチルドレン・オヴ・セント・ポールの少年俳優によって演じられる。

1617年
江戸の吉原に公娼の施設が設立される。地元の親分衆が不審人物の監視を条件に娼館の経営の許可を求めた。

1649年
イングランドでピューリタンのオリヴァー・クロムウェルのもと共和国が打ち立てられる。

《大向こうのゴシップ》

シェイクスピアの双子の子どもたちは、地元の友人ハムネットとジュディスのサドラー夫妻にちなんで名づけられたという。ハムネット・サドラーは1598年に自分たちに息子が生まれるとウィルと名づけている。その彼が1616年に死期の迫ったシェイクスピアの遺言書の証人となっている。ハムネットは遺書の中で遺産の分与にあずかっている。でも、もしウィルが若きウィルを遺書(ウィル)の中に書いていたとしたら、どうなっていたろう?

味合いが含まれていたはずだ。しかし、彼女は身の証を立てて、無罪放免された。

スザンナの妹ジュディスは、生涯、文盲のままだった。当時としては「とうの立った」といわれる31歳でトマス・クワイニー(町のベイリフを務め、シェイクスピアとも親交のあったリチャードの息子)と結婚したが、その頃には頭脳のほうもかなり衰弱していたらしい。トマスはタバコとワインの店を開いたが、粗悪品のワイン販売に手をそめて、罰金を科されている。彼は1652年にジュディスを捨てているが、後になって彼女の元に戻ったという記録は残っていない。

ムネット、身体が弱かったのか……)。ウィリーとアンの夫婦が不仲だったという証拠はないけれども、1592年に単身でロンドンへと旅立った彼が、妻に同道を求めたという記録はない。「ならば恋人にはお前より年若い娘を選ぶがいい、……女はばらの花、今美しく花開いたかと思うそばから、すぐに散ってしまうもの」と、後年、『十二夜』の名せりふを書いた際、心に浮かんだのはアンのことだったのではないだろうか。あるいはまた、「気むずかしい老人と若者は両立しえない。若者は楽しさにあふれ、老人は心配ごとで一杯だからだ」(詩集『情熱の旅人』より)といった詩も書いているシェイクスピアのことだから。

2人の最初の子どもスザンナ(ウィリアムのお気に入りだった)は1607年に医者のジョン・ホールと結婚した。彼女は機知に富んだ女性で、読み書きもできた。彼女には反抗心旺盛なところもあったようだ。1606年、他の20名の者とともに、イースターの日曜日に聖餐式に出なかったとして告訴されている。1605年に火薬陰謀事件が起こってから、カトリックの傾向があるとされるのはかなり危険なことだった。その告発には深刻な意

「ロンドンに行ってこなくちゃならないんだ、アン。ほんのちょっとの間だけさ」

1597年	1598年	1636年
イギリスの法律家・科学者フランシス・ベーコンが『随筆集』を出版する。「本の中には味わって読まなければいけないもの、鵜呑みにしていいもの、さらによく噛んで消化しなくてはならないものがある」と書いた。	イギリスの外交官トマス・ボドリーはオックスフォード大学の図書館の再建をはじめる。（のちにボドリーアン図書館の名で知られるようになる）。	北アメリカで最初の大学、ハーバード大学が創設される。

1550年から現在まで
でもほんとうの彼はいったい何者だったの？
オックスフォード伯、それともフランシス・ベーコン、あるいはエルヴィス？

　芝居や詩編をめぐってはまがまがしい議論がなされてきたが、その最大の1つは——残された芝居や詩は実際にはシェイクスピアが書いたものではなく、誰かほかの人の手になるのでは、というもの。では、その真の作者とはいったい何者なのだろう？　ご賢察のとおり、何人かの候補者の名前があがっているのである。

　第1容疑者は、第17代オックスフォード伯エドワード・ド・ヴィア (1550–1604)。ジークムント・フロイトはこの説を支持して、「ストラットフォード出身の者などそもそも実在したかどうか疑わしい」と1930年に書いているほど。ただし、フロイトという人物、誰かの母親が関係していない限り、何人たりとも信用しようとしない人だったから。ド・ヴィア説の信奉者によると、伯爵には経済力も家系も教育もあって、天才を生むにたる、いわゆる「上流社会特有の育ちのよさ」が備わっていたというのだが、このようなレシピからは天才どころか、近親交配の愚か者が生まれる可能性のほう

エドワード・ド・ヴィア。この男が『リア王』を書いたというのだろうか？

が高いという過去の事実をどうにも見落としているきらいがある。他にも、ベン・ジョンソン (1572–1637) はレンガ職人のせがれで、大学になんか行っていない……となると、いったい誰が件の芝居を書いた、というのだろう？　議論はほぼ以下のように続くのである——「ストラットフォード・アポン・エイヴォンなんて」とオックスフォーディアン（シェイクスピア＝オックスフォード伯説の信者）は叫ぶ、「ど田舎もいいところ、『ハムレ

〈頭のいかれたやつ〉

　1918年のこと、ある男性が大英博物館に封書を届け出た。その男によれば、中にはエドワード・ド・ヴィアがウィルの芝居と詩編を書いたとする証拠が入っているという。彼はその「証拠」を詳述した原稿を出版社に送っていたのだが、著者の名前を変えない限りだめだといわれた。彼は拒否した。別な出版社が引き受けて、1920年に『シェイクスピアの正体』が出版された。著者の名前は、J.トマス・ルーニーだった。（ルーニーには「頭の変なやつ」という意味がある）。

1739年
有名なイギリスの追いはぎディック・ターピンがヨークで処刑される。絞首台から飛び降りる前に見物の女性たちに会釈した。

1856年
イギリスの化学者ウィリアム・ヘンリー・パーキンが最初の合成染料を発見。ロンドンのロイヤル・コレッジ・オヴ・ケミストリーで助手を務めていた際の偶然の出来事だった。

1969年
『モンティ・パイソンのフライング・サーカス』がイギリスのテレビで初放映される。

ット』のような名作を書けるはずもない田舎者であふれかえっていた村だよ、『シェイクスピアの世界』なんて本はほっとけよ」。ウィル信者は、「ド・ヴィアが1604年に死んだという事実はどうなんだい、え？ まだ芝居の3分の2しか書かれちゃいないじゃないか？」「何いってんだい！」天才のひらめきを感じさせる鋭い一突きの応酬である、「それはね、芝居が書かれたという年代のほうがまちがっているんだよ。変えられてしまったんだよ、君たちにね」。なんともはや、モンタギュー家とキャピュレット家である。興味深い点は、もしオックスフォード伯がほんとうに芝居を書いていたなら、なぜその事実を認めなかったのであろうか？ 彼のサポーターたちによれば、芝居の中には政治的な「批判」が含まれていたため、あえて

> **《大向こうのゴシップ》**
>
> 真の作者論争の候補者としては、サー・フランシス・ベーコンが（マーク・トウェインをはじめとする）何人かによって支持された。このベーコン熱は1920年には流行から外れていった。それからはクリストファー・マーロウ説が唱えられることもあったが、なにせ彼は29歳の折1593年に死去しているから、もし彼が当たりだったとしたら、まあ、相当忙しい人生を送っていたにちがいなかろうなあ！

地元の新聞記者に次回作についてインタビューを受けるフランシス・ベーコン

公表を避け、「シェイクスピア」の名前を使ったというのである。これはかつて展開された議論のうちもっとも根拠薄弱なものとされるだろう。

とはいうものの、いくつかの芝居において他人の筆が入っているのはありうる話だ。たとえば、『マクベス』の3節にわたる歌と踊り、（おそらくはジョン・フレッチャー (1579–1625) の作とされる）『ヘンリー8世』のある場面、『ペリクリーズ』の最初の2幕はシェイクスピア自身の作でない可能性が高い。なぜそうなのかは、しかし謎のままだ。きっと当の場面がうまく仕上がらないのに辟易したウィルが、誰かにパブで一杯おごって肩代わりさせたのではないか？ 今となってはやぶの中、ハムレットがいみじくも語ったように、「あとは沈黙」。

「わたし、役者を辞めて、バンドに加わるわ」

1621 年
アメリカに移住して 1 年目が無事にすぎたことを神に感謝して、ピューリタンが初の勤労感謝の日を祝う。

1753 年
イギリス人ジョウナス・ハンウェイが雨をよけるためにパラソルを携帯する。「雨傘」を使用した最初の人間になった。

1821 年
イギリスの画家ジョン・コンスタブルが風景画「昼間」(のちに「乾草を積む馬車」と改名)を完成する。

1616 年から現在まで
シェイクスピア崇拝は永遠に
途方にくれて、そうしてシェイクスピアを発見した

「バードラトリー」(シェイクスピア崇拝) という語は、1901 年にけんか腰の劇作家ジョージ・バーナード・ショー (1856–1950) によって、シェイクスピアに関連するものなら何でも崇拝しようとする気質を指して作られた造語である。そもそもバードラトリーは、1623 年にさかのぼる昔、ジョン・ヘミング (1556–1630) とヘンリー・コンデル (?–1627) というシェイクスピアの同僚俳優がその 36 編の芝居をまとめて、賞賛の言葉──とくにベン・ジョンソンの手になる輝かしい賛辞が名高いが──を補った体裁で、『ファースト・フォリオ』(第 1・二つ折本) として出版したことが発端となった。友人にささげたオマージュが後世どれほど巨大な産業になりおおせたか、当の本人たちは露ほどにも想像していなかったことだろう。

『ファースト・フォリオ』のタイトル・ページ

バードラトリー鎮圧に向かうストラットフォード記念祭の行進参加者の一団

バードラトリーは名優デイヴィッド・ギャリック (1717–79) がストラットフォードで 1769 年に劇聖 2 百年祭を挙行して、一気に求道の趣を深めることになった。それまでにもストラットフォードではニュー・プレイスという屋敷の庭にシェイクスピアが植えたとされる桑の木といった崇拝の的を見に訪れる旅行者が後を絶たなかった。そ

の数もはんぱなものではなかったため、当時の所有者であったウィリアム・ギャストレルという牧師にはそれが悩みの種となって、彼はその木を切り倒したばかりか、1759 年には屋敷全体を取り壊してしまった。その後ヘンリー・ストリートのシェイクスピア生誕の家が、崇拝者たちの間では「バースプレイス」(生家) として知られるようになり、やはり栄えある呼び物のひとつにくわわった。アン・ハサウェイの家やメアリー・アーデンの家もまた同様の道をたどった。18 世

1877 年
東京大学の動物学者エドワード・S. モースが日本ではじめてダーウィンの進化論を熱心な聴衆の前で講義する。

1901 年
スコット・ヒューバート・ブースは電気掃除機を考案するが、商品化がかなわず、親類のウィリアム・フーヴァーに権利を売却する。

1970 年
ピーター・ブルック演出の革新的な『夏の夜の夢』がロンドンで開幕する。

紀後半には、ヘンリー・ストリートの屋敷は旅館になって、アイヴァ・ブラウンが注記したように、ベッド（宿泊）とボード（食事）とバード（劇聖）を提供した次第である。

アメリカでは、シェイクスピアが初期の演劇界のレパートリーを占めていた。コリー・シバー (1671–1757) による『リチャード3世』はニューヨークの演劇シーズンを成功裏に開幕させた。とはいえ、ほかの地域では、厳格なピューリタンが倫理性の浄化に忙しくこれ努めていた。たとえば、彼らはマサチューセッツ州においてすべての演劇的な公演を、その「化粧をまとった虚栄」のゆえに禁じる法律を通過させようと働きかけたほどであった。さらに、ニュー・イングランドでは『オセロー』が「嫉妬など諸々の悪しき感情の弊害を描く5幕の道徳的な対話集」とビラに書かれていた。まあ、まるっきり当たっていないわけではないが、洗練の度合いは低いといわざるをえまい。ほかの場所はさいわいなことにこれほどまでに遅れているわけではなかった。1773–74 年には、サウス・キャロライナ州だけでシェイクスピア劇が13編も上演された。バードラトリーはアメリカでも栄えはじめたのである。

1840 年、イングランドにおいてシェイクスピア協会が結成され、支部がヨーロッパ・アメリカにも広がって、その多くは今日なお盛んに活動を続けている。1936 年のこと、求めに応じて、1926 年の火災で焼け落ちたシェイクスピア・メモリアル劇場の残骸の黒焦げになった木材で作った箱の中に生家の庭の土が詰められた。この「聖なる遺灰」と「聖水」（エイヴォン川から採取された）は、テキサス州ダラスのニュー・シェイクスピア劇場献堂に際して奉献されたのである！

> **《大向こうのゴシップ》**
>
> 生家の借家人だったホーンビーの後家さんは「シェイクスピア本人が使用した」という触れこみの椅子の一部分を販売していたが、不思議なことにオリジナルの椅子がだんだんと小さくなるわけではなかった。屋敷の持ち主もまた後家さんだったが、劇聖にまつわる産業を私物化したかどでホーンビーに立ち退きを迫った。しかしホーンビーは椅子やその他の聖遺物をもって道路をへだてた場所に引っ越して、その後は幾久しく後家さんたちの間で罵りあいが続いたのだという。

> **《退屈なるかな、かの劇聖》**
>
> 1858 年この方、バードラトリーはイギリス中の学校カリキュラムに蔓延していった。とはいっても、シェイクスピアの作品を演劇的な視点から研究する方法はつい最近まで学問の府では皆無であった。大部分は、彼の戯曲は「文学部」——芸術の死体安置所——に埋葬されたままだったのである。アイヴァ・ブラウンが著書『シェイクスピア』(1949) で述べているが、「多くの生徒と同様、私は教育の美名のもとシェイクスピアに吐き気をもよおすようになったのである」。

ロード・フォッピントン役を自作自演するコリー・シバー

シェイクスピアの世界　23

1585年	1586年		1587年
クロンボー城がフレゼリク2世の手でエルシノア（デンマーク名、ヘルシンオア）のかつて城の建っていた場所に再建される。	オランダの科学者サイモン・ステヴィンが、2つの不均衡な重さの物体が同じ距離を同じ時間で落下することを数学的に証明する。		スコットランドの女王メアリーが19年にわたる幽閉ののちフォザリンゲイ城で処刑される。

1585年から1592年にかけて

ワイルド・ビルと失われた年月

密猟していたのか、祈りをささげていたのか、異星人にさらわれていたのか？

　1585年から1592年にかけてシェイクスピアは失踪していた。つまり、彼の所在と活動に関する何の記録も残っていないのである。400年もの間、この青年のことをわれわれは心配してきたのだが。いったいどこに雲隠れしてしまったのか、またなにをたくらんでいたものか。シェイクスピアの生涯のこの時期は「失われた年月」として知られるようになっている。

> 《大向こうのゴシップ》
> 　きっとシェイクスピアの飲酒癖にまつわるもっとも有名な逸話は、信憑性はまことにおぼつかないが、「クラブアップルの木」の話だろう。ビドフォードの村を訪問して、地元の大酒飲みたちと一勝負を、とくわだてたシェイクスピアだったが、当の連中は酒を飲みに出かけて留守中、しかたなく彼はクラブアップルの木の根元で（おそらくは素面でこごえたまま）一夜を明かしたのだという。

　「失踪」以前でさえも、学校を出てからというもの、シェイクスピアの活動に関してはほとんどわかっていない。彼がちょいとしたならず者で、ウォリックシャーの郷士サー・トマス・ルーシーの所領から鹿やうさぎを密猟していたとの、芳しからぬうわさもささやかれている。地元の牧師によると、そのせいで「しばしばムチ打ちの刑に処され、投獄の憂き目にも会ったことがある」という。それで若きウィルは故郷を逃げだしたというわけだ。しかしその後はとんとん拍子、シェイクスピアは郷士をモデルにして『ウィンザーの陽気な女房たち』の治安判事シャローを創作して、うっぷんを晴らしたとの言い伝えもある。しかしながら、ルーシーは治安判事シャローと同一視されるような独身の愚か者ではなかった上、「密猟」事件と『ウィンザーの陽気な女房たち』創作の間には14年からの歳月がたっている。そのほかに

「ええ、わたしがシャロー判事です。はい、そうですが。何の話をなすっておられるのか、まったく関心がございませんな、わたしには。そのシェイクスピアとかいう男性のこと、身に覚えがありませんなあ！」

1587年
クリストファー・マーロウが『タンバレン大王』を執筆、エリザベス朝・ジェイムズ朝演劇の黄金時代の幕開けとなる。

1590年
イタリアの画家カラヴァッジョはトランプ詐欺を絵に描く。

1591年
日本の茶人、千利休が豊臣秀吉の怒りに触れ、自刃（切腹）する。

も、「大酒飲み」の伝説がある。ワイン商人がもし4つの質問にうまく答えられたら借金を棒引きにしてやる、とシェイクスピアに条件を出したという話だ——なにをもって神様は一番喜び、なにをもって悪魔は一番喜び、なにをもって世界中の人は一番喜び、なにをもってわれは一番喜ぶか。シェイクスピアは即座にこう答えたのだという。

　神は人がその罪を捨てると一番喜び、
　悪魔は人がその悪行に固執すると一番喜び、
　世界中の人はあなたが美味しいワインを売ると
　　一番喜び、
　あなたは私が自分のつけを払うとこれを一番喜
　　ぶ。

ただちにシェイクスピアの借金にかたがついたのはいうまでもないところ！

　別な話では、彼は失われた年月をカトリックの修養所に隠遁していたという。当時カトリックには死罪の危険が迫ったため、秘密にしておいたという説だ。彼はまたウォリックシャーで教員をしていたかもしれないし、地方劇団の急成長に伴い見習い俳優として巡業に出ていたのかもしれない。1592年にロバート・グリーンが意地悪く彼のことを「我々の羽根で美しく着飾った成り上がりのカラス」とあてこすったとき、舞台への新参者に言及しているものと長く推察されてきたが、シェイクスピアが28歳だったことを考えるとどうもありそうにないところだ。しかも『ヘンリー6世』は1590年頃には上演されているから、その頃までには相当芝居の世界に足を突っ込んでいたはずである。

「やあ、背の低い君。ぼくがウィリアム・
　シェイクスピアさ。サインがほしいの？」

ハムレットの客となった旅回りの役者たちが杯を干しながら「ねずみとり」について議論をしている

《ウィル・フッド》

「失われた年月」の奇行をめぐる話には、鹿を盗んだのは自分の結婚披露宴の仕度のためで、なおかつその過程で猟場の番人の娘をかどわかしたというもの。あるいは、ロビン・フッド物語の登場人物（当時は大人気だった）になりすまして、森の伝統として伝わる権利を維持すべく、猟獣にわなを仕掛けたというものもある。そんなわけだから、ムチ打たれ、足かせにかけられたといわれるのである。

シェイクスピアの世界　25

1603年
出雲大社の巫女、阿国が四条河原で舞踊と喜劇的スケッチを含む念仏踊りを興行、歌舞伎踊に発展する。

1650年
この頃までに数学者は＋、－、×、÷、✓（チェック）を使用している。

1780年
ダービー競馬がイギリスではじめて開催される。

1594年から1910年にかけて
草稿とファースト・フォリオ
ぞんざいななぐり書きから戯曲選集へ

だれが一番大きい役をやるの？

　シェイクスピアは新し物好きな活力ある大衆演劇の現場で働く俳優であり実作者であった。芝居は2、3日おきに交代で上演された。作者は概略を示したプロット（いわゆるこれが「草稿」）を、しばしば共同作業でつくって、同僚たちの了解をとりつけたのだが、こうして劇団の財産ができあがっていったのである。

《登場人物表》
　臆病者のフォールスタッフは『ヘンリー4世』2部作および『ウィンザーの陽気な女房たち』に登場するが、『ヘンリー5世』には出てこない（逃げだしてしまって、戦おうとしなかった）が、もともとはサー・ジョン・オールドカスルという実在の人物名に倣ってオールドカスルと呼ばれていたらしい。が、彼の一族はこれを侮辱と受け取ったようだ。エリザベス1世が介入、「自ら望んで、（シェイクスピアに）改名するよう命じた」といわれている。

　草稿がはたして日の目を見ることができるかどうかは、作品の質によるばかりではなく、例のおなじみの要素にもかかっていた。つまり流行、興行面での実現可能性、上演のためのスペースの制限、役者の必要性（とくに主要な役への）が大事だった。全員の同意が得られれば、筆写人があと2部コピーを作成した。そのうち1部は後見用の台本として保存され、「舞台監督」が小道具や衣装などに関する注意を書きとめておいた。必要な場合によっては多少の検閲もおこなったろう。こうして上演用の台本はオリジナルとはかなり異なるものになっていった。

　1594年と1622年の間に、シェイクスピアの芝居のおよそ半数は安価な「クォートー版」（四つ折本）で、ほぼ作者自身の原稿に基づいて（しばしば特異なスペリングの流儀などから特定できるのだが）出版された。しかし、二流の印刷者が二流の役者のあやふやな記憶をたよって、舞台のヒットをあてこんだ一儲けをしようと、「バッド・クォートー」（粗悪な四つ折本）が出版されることもあった。幸いなことにこれらはシェイクスピ

1815年
ジョージ3世の長子、摂政の宮がイングランドのブライトンにある悪名高いパヴィリオンの再設計を建築家ジョン・ナッシュに依頼する。

1837年
チャールズ・ディケンズの小説『オリヴァー・ツイスト』がイングランドで出版される。

1900年
H. J. ハインツがニューヨークに6階建て相当の電光掲示板を建築、ニューヨーカーたちにトマトスープ、ケチャップ、ピクルスなどの「食卓のための57良品」を知らしめる。

アの劇団によって発表される版本によって取って代わられて、結局、「ウィリアム・シェイクスピア氏の喜劇、歴史劇、悲劇」と題された1623年のフォリオ版(二つ折本)でまとめられる(『ペリクリーズ』が抜けているけれども)ことになった。

18世紀と19世紀を通じて、戯曲選集がいくつか刊行されたが、1910年にはメシュエン社から4種ある二つ折本の写真版が出版された。以来、無数の『選集』および単行本が70以上の国の言語で刊行されてきた。

「天才を定義する?」

「偉大さ」を明確に規定するのは困難である。しかしシェイクスピアが「偉大」であったひとつの理由は、新詩形のブランク・ヴァース、古典的な韻文、散文をないまぜにして個々の作品の主題や調子に合わせるさまざまな工夫をしたこ

「もちろん、ぼくたちは君の友だちさ、シーザー!信用してくれないの?」

とにある。(だから、『ジュリアス・シーザー』に散文が少なくて、ほとんどブランク・ヴァースで書かれているかと思えば、『ウィンザーの陽気な女房たち』がその正反対であったりするわけである)。シェイクスピアは古い物語を取り上げて、比類ない比喩表現を用い、鋭い洞察力を駆使して、至高の劇へと変容させたのである。シェイクスピアの偉大さは「魂の次元」──広大そのものといえる──に関するものだ、とジョンソンが述べたとき、まさに正鵠を射ていたのである。

《シェイクスピア狂のために》

900ページ強もの大部な書物である二つ折本は1623年に千部が販売された。印刷者ウィリアム・ジャガードの指示によりオーガスタイン・ヴィンセントなる人物に1部が寄贈されているが、ジャガード本人は全集が出版登録される4日前に死去した。1部はオックスフォード大学ボドリーアン図書館に収蔵されている。記録によれば、今日現存しているのは約240部ほどで、しかも完全な状態を保っているのは12部程度しかない。だからもし見つけたら、すぐに手に入れておいたほうがいいかも!

《劇的なオリガミ》

四つ折本は印刷用全紙を2回折って4葉8ページとしたものである。全紙の両面に見開きで印刷されている二つ折本は、つまり1回折って2葉4ページというわけである。印刷物はページのサイズによって名称がつけられていたのだから、単純ではないか?

ページ夫人がウィンザーの地元でトラブルに巻きこまれる

1572年	1580年	1590年
サン・バルテルミーの日にパリで数千人のユグノー教徒がカトリーヌ・ド・メディシスの教唆により虐殺される。	中国の四大奇書のひとつ『西遊記』の作者、呉承恩が死去する。	オランダの科学者ツァハリアン・ヤンセンが顕微鏡を発明する。

1564年から1616年にかけて
シャクスペールのつづり方教室
スペルチェッカーの代わりにならないもの

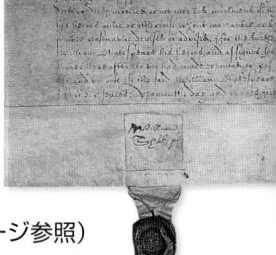

ウィルのサインと認められているブラックフライアーズの家屋の譲渡証書

　名前にはどんな意味があるの、って質問かい？　まあ、ご冗談ばっかり、粗野な、殴ったり蹴ったりの、花を食い荒らす虫たちよ。だってシェイクスピアの場合、答えは山ほどあるというのに！　このテーマのおかげで何十年にもわたって学者や作家の間にどれほど議論が沸騰してきたか想像もつかないだろう。劇作家の正体はオックスフォード伯やベーコンであるという説の支持者たち（16ページ参照）をはじめとする論客によれば、さまざまなスペリングが残されているのは、本人が芝居をどれひとつとして書いていないからだ。そしてロンドンの詩人にして劇作家の「ウィリアム・シェイクスピア」はストラットフォードの手袋製造業者の息子「ウィリアム・シャクスペール」とはまったくの赤の他人だ、とこうなるのであった。

　なるほど十分な教育は受けていたというのに、シェイクスピアが自分の名前を2度同じスペリングで署名するのに多少の困難を抱えていたらしいのは事実である。たとえどんな理由があろうとも、20いくつもの異なるスペリングが指摘されるというのはたしかに度を越している感がある。そのいくつかには創意が表れている。'Shakespeare' がほとんど用いられているが、ほかに 'Shakespear'（どこが違うのかわかるかな）、'Shake-speare'、'Shexpere'、'Shagspere'（オースティン・パワーズ流にいえば 'ShagaBardic, Baby!' か）、'Schakespe'、さらに最短の 'Shakp' まである。これなどは硬い羊肉とワインを口いっぱいにほおばって咳きこんだとでもいうような響きではないか。

　エリザベス朝にこれほど多様なスペリングが存在した理由のひとつは、全般的な低識字率のせいだと多くの学者は結論づけている。文法に関してはある一定の規則があったにもかかわらず、当時のスペリングは同一の文書の中でさえ不統一が見られるのが一般的だった。たとえば仮にハイフン

《大向こうのゴシップ》
　ウィリアム・カムデンの著書『ブリテンに関する偉大な作品の遺物』(1605)には、もっぱら名前の由来に割かれた章がある。彼によれば、十字軍遠征から帰還した兵士の軍備に起源をもつ名前が多いという。そういうわけで、'Long-swords'、'Broad-spears'、'Breake-speares' といった名前が生まれたのである。すると、シェイクスピアの祖先は、震えおののいて逃げだしたからそう名づけられたものだろうか？

1604 年	1610 年	1616 年
イングランド国王ジェイムズ1世がたばこを「不道徳」、「悪臭がする」、「危険」と記述した『たばこにたいする猛抗議』を出版する。 	イギリスの歴史家・地図製作者のジョン・スピードが『大英帝国の劇場』出版にむけた作業に入る。イングランドとウェールズの異なる54地域の地図が含まれている。 	ボーモントとフレッチャーが『冷笑的な貴婦人』という芝居を執筆する。ことわざに由来する「乞食にえり好みはできない」というせりふを含む。

が好みだとすると、いたるところハイフンだらけになった。ロンドンでは文法の水準と一貫性が田園地帯にくらべ高かった(「シープ」(臆病者)、「ターニップ」(ぐず野郎)、「ゲロオフミランド」(おらんとこさ出てけ)なんていえる奴はそれこそたいしたボキャブラリーの持ち主だった)。こうして'Shakespeare'のつづりがロンドンでは好まれる一方で、田舎のほうでは他のどのヴァージョンでも通用したというわけである。2番目の理由としては、印刷と手書き原稿のスペリングの差異があげられる。初期の印刷植字工はどの単語でもくりかえし出てきた場合には同じスペリングにするという習慣を生みだしたが、これはこれで理解できる上、妥当な方法ということで、ごく最近までおこなわれていたのである。俳優エドワード・アレン(1566–1626)は表題に'Shakespeares Sonnets'と書かれた詩集を購入し、手帳には'Shaksper sonetts'と記入していた。この種のことは普通だった。劇作家クリストファー・マーロウ(1564–93)は'Marlow'と洗礼を受けていたが、彼唯一の自筆署名には'Marley'とある。劇場主フィリップ・ヘンズロウ(?–1616)は1587年にジョン・コルムリーとの共同事業の文書に自分の名前を'Henslow'とつづったが、あとに続く書面では'Hinshley'、'Hinshleye'としている。もっともこれには簡単に説明がつく。2人

この男、凶暴かつ極悪非道につき、覚悟めされよ。マーロウは捏造者、スパイ、たちの悪い酒飲み、冒瀆者だったが、すばらしい芝居も書いている

がこの文書を作成していたとき、将来の成功を夢見て痛飲していたためだろう。

ええっと……S、H、A、K、S、P、E……あれ、もうひとつEがどこかにはいるんだったっけ?

1595年
オスマン帝国のサルタン、ムラト3世は21年の治世の間に放蕩をつくし、102人の子どもをもうける。

1596年
イギリスの詩人サー・ジョン・ハリントンが発明した実用的な水洗便器にほとんど買い手がつかず、屋外便所と寝室用便器が数世紀にわたって使用される。

1609年
ガリレオが天体望遠鏡を開発、月のクレーターを観測する。

1592年から1616年にかけて

ビルとベンは飲み仲間
シェイクスピアとジョンソン、推参つかまつる

「ここはなんてパブだい、ウィル？」
「名前にどんな意味があるんだい？ 大事なのは君のグラスになにが入っているかってこと」

　ベン・ジョンソン (1572–1637) がシェイクスピアの大の親友で飲み仲間だったものか、それとも強力なライバルで敵対関係にあったものか、あなたがどの本を読んだかによって違ってこよう。前者を支持する側の逸話には、ストラットフォードのグレイハウンド亭やブレントフォードのスリー・ピジョン亭で一緒に酒盛りをした才能あるごろつきとして2人の詩人が描写されている。テムズ川南岸バンクサイドのファルコン・タヴァーン亭は、シェイクスピアやジョンソンが仲間と日をおかず飲みに来ていたと主張している。（そういえば、うちの近くにもエルヴィスが隔週の火曜日に飲食していたというパブがあるけれども……）。もう一方の陣営は、ジョンソンがシェイクスピアにたいして少なからぬ敵意を抱いていたとするのだが、その証拠としてまずは尊敬の念のつくされた賛辞の中に出てくるシェイクスピアにギリシャ語とラテン語の知識が乏しかったという、例のコメントをあげている。

　くわえて、2人の男の間の文学的な口論をめぐっては、かなり根拠薄弱なうわさが長いこと飛びかっていた。一例をあげるなら、聖職者トマス・フラー (1608–61) が著書『イングランドの名士伝』(1662) で想像をたくましくして2人の交友を、まるでスペインの大帆船（ジョンソン）とイギリスの軍艦（シェイクスピア）の戦いのようだ、と描いている。ジョンソンが「学問の骨格はまことに立派だが、動きは鈍い」のにたいし、シェイクスピアは「軽やかに海原を進み、機知と想像力の舵取りで敏捷に動き回ることができる」としている。

　伝記作者ニコラス・ロウ (1674–1718) は自ら校訂した『シェイクスピア全集』(1709) において、ベン・ジョンソンに最初の劇作を依頼したのがほかならぬ劇聖だったと書いている！　それによる

1610年
ローペ・デ・ベガの『ペリバネス』がスペインで初演される。名誉を守るために暴君を殺害する15世紀の農民たちを描いた物語。

1615年
イギリスの建築家イニゴ・ジョウンズは王室所有の建物を検査する監督官に任ぜられる。

1616年
ロンドン市長就任式典でジョン・マンデイが考案したパジェントに、船、王冠を戴いたイルカ、浮かれ騒ぐ人魚たちが登場する。

と、無名のジョンソンの書いた芝居が劇団によって門前払いを食わされた。シェイクスピアは高潔にも、「読み合わせくらいしてみるだけのものは……何かもっておるようだが」と割って入ったのだという。ロウによれば、これを機に2人の友情は固く結ばれた、という！　この話は実証がむずかしい。シェイクスピアがジョンソンの『十人十色』(1598) に出演したのは事実だが、台本を却下した劇団の決断をくつがえすだけの権威が、はたして彼にあったものかどうか疑わしいからだ。

奇妙なことだが、1637年のジョンソンの死に際しては、シェイクスピア自身が死亡したときを上回る多大なる敬意が作家や名望家から払われている。ジョンソンは自分のために丸々1冊分の賛辞が書かれたほどだが、シェイクスピアは死後7年を待たねばならなかった。劇聖にとって何たる退屈な歳月であったことか。とはいえ、ジョンソンは生来人をほめるのは柄ではなかったにもかかわらず、『ファースト・フォリオ』において懐かしいライバルにたいへん感動のこもった賛辞を手向けている。そこにはあの不滅のことばが含まれていた——

　彼は一代の作家にあらず、末代までも読み継がれることだろう！

《登場人物表》

ジョージ・スティーヴンスの『シェイクスピア』(1778) には、シェイクスピアの名せりふ「この世はすべて舞台」にまつわる話が出てくる。その書物によると、「もし世界中の人が舞台俳優を演じるのだとしたら、いったいそのお芝居を見る観客はどこにいることになるのだろう」とジョンソンが書いている。これにたいして、シェイクスピアは「多かれ少なかれ、目にするものを、われわれは実際に演じているものだ。われわれは役者にして観客、その両方なのだよ」と答えたという。

イニゴ・ジョウンズの制作になるもののみごとな衣装

《複雑な仮面》

ジョンソンの代表作は『十人十色』(1598)、『ヴォルポーネ』(1605)、『錬金術師』(1610)、『バーソロミュー・フェア』(1614) である。彼の極上の文才は、イニゴ・ジョウンズ (1573–1652) との共同作業で生まれた仮面劇でも発揮されている。だが2人は1634年に火急の問題をめぐって不和となった。それは、仮面劇とはスペクタクルな見世物であるべきか、それとも古典の教養に基づいた劇詩であるべきか、といういつの世にもくりかえされるトリッキーな問いかけであった。

1593 年
スペインのエスコリアル宮殿がマドリッド近郊に完成までに 30 年かかる。建築家フアン・バウティスタ・デ・トレドによるもので、敷地に教会、修道院、墳墓が含まれている。

1595 年
オランダの東インド会社がアジアにはじめて船を送る。アフリカのギニア海岸にオランダ人による最初の殖民がなされる。

1598 年
スペインの新国王フェリペ 3 世は経度を測量する発見した者に 1 千クラウンの報奨金をかける。一方で、オランダの国務大臣は 1 万フローリンの賞金を出す。

1592 年から 1616 年にかけて
征服王ウィリアム
飲酒、肉欲、けんか、詩作

シェイクスピアの人生の記録が再開する 1592 年に、彼がはじめて演劇のキャリアに手をそめたのだとしたら、まことに急激な成長をとげたものといわざるをえない！ 1595 年には女王陛下の御前で上演された喜劇と間狂言に関して、ほかの 2 名とともにその支払先として名簿に記載されているのだから。

> **《大向こうのゴシップ》**
> シェイクスピアはウィリアム・ダヴェナント (1606–68) の父親だったかもしれないといううわさがある。1605 年に劇団キングズ・メンとともにオックスフォードで公演していた際に、彼はミストレス・ダヴェナントと暮らしていた可能性がある。9 か月後に男児ウィリアムが誕生した。ダヴェナントはのちに出世して桂冠詩人となったが、女色にふけり、梅毒にかかり、鼻がもげるという末路を迎えた。

帳簿の売り上げをチェックするシェイクスピア。「つまり君はぼくに 20 ポンドの借金があるってことさ」

偉大な友人のなかには俳優リチャード・バーベッジ (1567–1619) がいた。残された逸話によると、バーベッジがグローブ座でリチャード 3 世を演じていた折り、ある熱烈な女性ファンから「リチャード 3 世の名を使って」夜分に自分のもとを訪ねてきてほしい旨の申し出があった。これを小耳にはさんだシェイクスピアは、バーベッジに先立って彼女の薄暗い部屋に到着して、ちゃっかりその代役を相つとめてしまった。「リチャード 3 世が戸口に」と侍女が告げた時、シェイクスピアは「遅い！ 征服王ウィリアムのほうがリチャード 3 世より前の時代だ」と叫んだという。これがほんとうの話だったとしたら、まことにもっておもしろいのだが……。

リチャード・バーベッジは恋人としてはややとろかったのかもしれない。が、シェイクスピア劇を演じた俳優のなかでは、最上の、またもっとも有名な役者だった。彼はシアター座を建設したジェイムズ・バーベッジ (1530 頃–97) の息子で、リチャード 3 世、ハムレット、オセロー、リア王

エドワード 2 世とマニキュア・アーチスト (1991 年公演のスティーヴ・ウォディントンとアンドルー・ティアナン)

1611年	**1614年**	**1615年**
イギリスの詩人ジョン・ダンはパトロンのサー・ロバート・ドゥルリー・オヴ・ホーステッドの死亡した娘のために哀悼詩「世界の解剖」を匿名で出版する。	ローペ・デ・ベガは『フェンテオベフーナ』(羊小屋)を執筆、スペインのルネサンス演劇に新時代を画する。	薪がどんどん高価になって、安い石炭にはじめて取って代わられる。

を演じて、錚々たる主役を張った。もう1人の友人、エドワード・アレンはバーベッジよりもいっそう感情を表に出すタイプの役者で、クリストファー・マーロウの悪漢の主役がはまり役だった。マーロウ(1564–93)はケンブリッジ大学でロバート・グリーン(1558–92)と同窓だった。1589年には街中のけんかに巻き込まれ、パブの主人の息子1名が死亡する結果となった。マーロウはニューゲイト監獄に収監されたが、女王の恩赦をえた。ところが、1593年にはデットフォード(ロンドン南東部)にあるデイム・エレナー・ブル亭において生涯最後となるけんかをして、29歳の若さで刺殺されてしまった。暴力沙汰と飲酒癖はさておいて、マーロウは『タンバレン大王』(1587)、『マルタ島のユダヤ人』(1589)、『エドワード2世』(1592)、『フォースタス博士』(1604出版)といったすばらしい芝居を残してくれた。

劇作家、詩人、パンフレット作者のロバート・グリーンは高等教育を受けたものの、破滅型の人生を送った人だった。いわゆる「ユニバーシティ・ウィッツ」(大学出の才子たち)の1人(今でこそこの語には矛盾の響きがあるが)。作品のひとつ『パンドスト』(1588)はシェイクスピアの『冬物語』の材源となった。グリーンの芝居はいまや忘れ去られているが、手当たりしだいになんでも攻撃した彼のパンフレットのほうはそうでもない。一番有名なのは、『グリーンの3文の知恵』で、「私たちの口から出ることばをそのまましゃべる人形」として役者稼業

> **《嫉妬に狂う》**
>
> グリーンがシェイクスピアに嫉妬心を抱いたのも無理からぬ話。1592年以前に伝記作者ヘンリー・チェトル(1560頃–1607)は劇聖のことを、「彼の才能を証明する文章において、明らかに優れた資質を有する」と称えている。シェイクスピアは10万行もの劇のせりふを書いたが、そのうちどう少なく見積もっても千行は「完璧」なのであるから。

を非難した箇所でシェイクスピアのことを「成り上がりのカラス」と呼んだのである。この言及こそが、ロンドンでのウィルについて私たちが知りえる最初の記録である。同年、グリーンは他界している。

政策発表に臨むタンバレン大王(アントニー・シャー)

1568年
スペインでエル・グレコが「聖者、王の戴冠」を描く。

1570年
イギリスの数学者レナード・ディッグズが経緯儀を開発する。

1575年
スペインの作家セルバンテスは1571年にレパントの戦いで負傷、アルジェリアの海賊に捕われ、1580年に解放されるまで奴隷だった。

1560年から1612年にかけて
すべて王の臣下……
劇団とライバル意識

16世紀には、仕事を欲する者にとって、身元保証人となってくれる主人を雇用者に持つことがことのほか大切だった。というのも、仕える主人がいないことには、貧窮、宿無し、ひいては投獄の運命が待っていたからだ。もっとも町を離れれば、長年にわたって全国津々浦々巡業して回る役者の一団がいたけれども、ロンドンでは貴族、教会、王族の庇護を受けた劇団に所属することが必須だった。

水彩画で描かれたグローブ座

シェイクスピアがロンドンに上京した際、誰の元で働いていたものかは定かではない。彼の初期の芝居の何編かは劇団アール・オヴ・ペンブルックス・メンとアール・オヴ・サセックスズ・メンによって上演されたので、彼が当の一座の団員であった可能性も否定できないが、そうした劇団とは脚本売却の取引をしただけなのかもしれない。1594年に疫病が(ロンドンの人口の5パーセントの命を奪っ

> 《大向こうのゴシップ》
>
> ロード・チェンバレンズ・メンは室内劇場ブラックフライアーズ座の賃貸契約を取得したが、1608年までそこで上演することができなかった(その頃にはすでにキングズ・メンを名乗っていた)。ブラックフライアーズ座では人工照明、音楽、舞台効果といった面で実験をおこなうことができた。また代金も高かった——雨にぬれずに観劇できるという恩恵があったからだ。

て)終息し、劇場が再開した後、彼はロード・チェンバレンズ・メンに俳優兼劇作家として参加、1612年の引退まで活動をともにした。1599年に新グローブ座へと彼が同道した劇団は、株主でもあったロード・チェンバレンズ・メンで、これがイギリスの歴史の中でほかのどの劇団もなしえげないほどの充実した活動の幕開けとなった。

ロード・チェンバレンズ・メンはシェイクスピアに執筆と上演の上で安定をもたらし、おかげで作品の完成度は飛躍的に高まった。彼はこの劇団の演技者でもあり、1598年にはジョンソンの芝居で主役を演じ、1604年頃まではほとんどの公演に出演していた模様だ。彼はまた1年に2編相当の劇を書いて、1日おきに、ときには日ごとに交代して上演されるレパートリーにくわえていった。役者たちは午前中に(数日間におよんで)1つの芝居を稽古して、午後には別な芝居を上演、ある時などはいくつもの芝居を頭に入れて

1590年	1603年	1611年
ヴェネスのリアルト橋が完成する。市の商業中心地区の島とサン・マルコの島をむすぶ。	ロンドンで黒死病が流行、少なくとも3万3千人の命を奪う。	ジェイムズ1世の命による『欽定訳聖書』が出版される。

いることもあった。ローズ座とフォーチュン座の劇場主フィリップ・ヘンズロウ(?–1616)は商売上の記録を日記につけていたが、1592年のある月には、『ヘンリー6世』がほかの13編の芝居とともに交替で5回上演されたそうだ。

クリップルゲイト近くにあったフィリップ・ヘンズロウのフォーチュン座を本拠として、俳優エドワード・アレンが率いた劇団ロード・アドミラルズ・メンは、シェイクスピアのライバル劇団だったが、ライバルほど人気は高くなかったようだ。1596年ロード・チェンバレンズ・メンはクリスマスに招かれて、王宮での御前芝居すべての公演を任されている。1603年にジェイムズ1世が即位すると、たいへん名誉なことに彼らはキングズ・メンと改称した。しかるにアレンの一座はプリンス・ヘンリーズ・メンの名称に甘んじなければならなかった。

《登場人物表》

アール・オヴ・ペンブルックス・メンが1597年に上演したベン・ジョンソンとトマス・ナッシュ作の『犬の島』は現存していないが、「悪しき人々の集団」を喜ばさんと「わいせつな内容」を含んだものだった。これが枢密院およびギルドホール(ロンドン市庁舎)のお役人方の逆鱗に触れ、劇場を「取り壊す」よう要求が起こった由である。

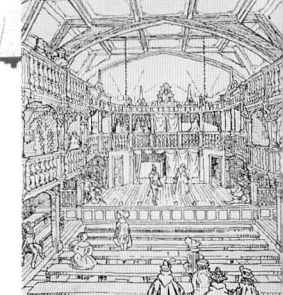

室内劇場のレイアウト

古典劇の流儀で消化不良の演技をするエドワード・アレン

《チリー・ウィリー》

劇団は概して冬のシーズンにロンドンの本拠劇場で公演をおこなったが、上演は午後2時に開始された(昼食後、日没前ということで)。つまり、役者も観客も冬の凍てつく霜の下りるさなか屋外にいたことになるが、むろん寒さをこらえるだけの価値はあったのだろう。1ペニーあるいは2ペンス支払う余裕のあった観客は、ギャラリー(回廊席)に席を占め、さらに舞台脇の個室の席料は1シリングかかった。役者たちは夏の間は疫病を避けて巡業に出かけ、イギリスに移住してきた金持ちを追いかけていたのである。

シェイクスピアの世界 35

1550年
ニコラス・ユーダルがイギリス演劇史上初の喜劇『レイフ・ロイスター・ドイスター』を執筆する。

1580年
イタリアの建築家アンドレア・パッラディオがヴェニスで死去。彼の残した書物は後代の建築に影響を与える。

1590年
ヨークの大司教は「姦通や密通の罪を犯す方法を、また子どもをもうけずにすます方法を若者に教示した」かどで、イギリス人牧師エドワード・ショークロスを告発する。

1550年から1625年にかけて
「それには芝居だ……」
ローマの廃墟から創作するシェイクスピア

エリザベス朝演劇は2つの偉大な演劇の潮流、すなわち古典と中世の演劇が合体した地点に成立した。シェイクスピアのような一流の劇作家はその両者から最上の要素を抽出し、「新しい」形式へと融合していったのである。

夕食に招待されなかったバンクォー。亡霊であってもマナーは必要

古典劇に見られる5幕構成の悲劇という形態はセネカ（紀元前4頃–西暦65）やテレンティウス（紀元前190頃–159）のようなローマの劇作家に由来している。ギリシャ人の哲学者アリストテレス（紀元前384–322）は、はじめ、中間、終わりという演劇の「完全な筋」の規範を作りあげた。アリストテレス流の筋のすばらしい例は『マクベス』に見られる。シェイクスピアはローマ劇に霊感をえた人物たち——亡霊や使者——を創造し、なかんずく独白を絶妙に用いたのだ。ロ

メゼティーノ。コメディア・デラルテの決まりきった役柄のひとつ

《登場人物表》
イタリアのコメディア・デラルテの巡業一座がロンドンの作家たちに与えた衝撃は少なからぬものだった。『じゃじゃ馬ならし』(1593–94)は登場人物の描き方、ビアンカの脇筋、じゃじゃ馬の妻を「ならす」という発想において、イタリア流のこっけい味に依存している。しかしウィルは恋愛をつけたして、エドワード・クインが述べたように、「ばか笑いとうすら笑いの間に微笑みを発見した」のである。（間を取って「うすらばか笑い」にならないところがいいね!?）

1617年
ロンドンの貸し馬車や馬が引くパリの貨客車をはじめとして、賃貸しの輸送手段が主要都市に現れる。

1620年
オックスフォード大学の天文学教授エドマンド・ガンターが最初の計算機を開発する。

1621年
国王ジェイムズは『スポーツの書』を刊行、さまざまな大衆スポーツを許可して、ピューリタンたちを困惑させる。

《おそまつな内容》

「黙劇」（ダム・ショー）とは無言のパントマイムで演じられる芝居の一部のことで、1561年の『ゴーボダック』において初登場した。古典の喜劇に由来するものだが、『ハムレット』において父王暗殺を無言劇で再現する例の劇中劇の場面など、エリザベス朝演劇に力強い深みをもたらすことになった。今日では、ウェスト・エンドやブロードウェイのくだらぬヒット作品をさして、もっぱらこの言葉（ダム・ショー＝くだらねえ芝居）が用いられているのはご存知のとおりである!?

ーマ演劇は、いばりちらす軍人、抜けめない召使、10代の娘のせいで神経を高ぶらせた親父などの喜劇的な決まりきった役柄を生みだした意味でも偉大だった（人の世はいつになっても変わらないもの）。

学校や宮廷といった私的な上演の場では、古典劇の形態は変わることなく残っていた。しかしながら公衆劇場においては、古典劇の形態は中世演劇の粗雑な形式とからみあって、いくつかのめざましい劇的な慣習（一介の書物にまさに生命を吹きこむパフォーマンスの要素）を生みだしたのである。たとえばお決まりの登場人物、人生の「秩序」にたいする観念、アレゴリー（寓意）やメタファー（隠喩）への偏愛であった。しかしエリザベス1世が1603年に死去すると、同時に楽観主義も雲散霧消。俗物趣味の国王ジェイムズ1世の即位とともに、暗い世相が到来し、その雰囲気は

ジョン・ウェブスター（1580頃–1625）──『白い悪魔』(1611)と『モルフィ公爵夫人』(1613)──や、ジョン・マーストン（1576頃–1634）、シリル・ターナー（1575頃–1626）といった沈うつな作家の芝居に反映された。シェイクスピアの作品もいっそう思弁性を増し、『ハムレット』(1600–01)、『オセロー』(1604)、『リア王』(1605)、『マクベス』(1606)が生まれた。エリザベス朝演劇の功績は演劇における古典的な要素を、英語という言語に導入した点にある。かつてはラテン語だけがなにがしかの品格を表現しうる唯一の言語とみなされていたのである（しかも好都合なことに僧侶や支配階級によってのみ理解される言語だった）。この新しい演劇観を、洗練の度合いは高いが無学の観客にも理解できるように、芝居の中で表明したのが、ほかならぬシェイクスピアだった。

《大向こうのゴシップ》

2、3時間にもおよぶ上演がエリザベス朝の観客に人気があったのは、教会で説教を聴いてすごす時間を思えば、長大な芝居など苦でも何でもなかったからだ。この説がいいところをついているなら、彼らはまた眠りほうけて舟を漕ぎ、夢想にふけり、天井の梁を数えるのが大の得意だったにちがいない。

豊胸外科手術の見こみについて議論するモルフィ公爵夫人

シェイクスピアの世界　37

1553年
レイディ・ジェイン・グレイがメアリー・チューダーの即位まで9日間イングランドを統治する。

1560年
もとは壁に打ちつけてプレイしていたテニスがネットをはさんで2人でおこなうスポーツに発展する。

1563年
魔法はイギリスでは大罪の扱いとされる。

1550年から1630年にかけて
熊いじめからブラックフライアーズ座へ
不真面目な役者たちとむかつく観客

　エリザベス朝のロンドンっ子は8人に1人の割合で芝居の上演を見に行っていた。共同体の人々は全体として宗教的な祝祭の場において生の娯楽に接することに慣れていた。熊いじめ、闘鶏、拳闘試合その他の楽しみと同様だったのである。だが、何といっても人気の高い出し物は演劇だった。詩や散文はごく限られた文学的なサークルの人でしか味わうことができなかったのである。

　カーテン座(1576)、ローズ座(1587)、スワン座(1595)、グローブ座(1599)といった公衆劇場は設計図を見るかぎり、ほかの「娯楽」にも転用可能だったようだ。屋根のない建物の中には1メートル(3フィート)ほどの高さの舞台が一方の壁面から突き出ていて、その周りをとりかこむ

《登場人物表》
上流階級の人士だからといって、行儀がよかったわけではない。著書『しゃれ者いろは帳』(1609)の中でトマス・デッカー(1572頃–1632頃)は、「しゃれ者が6ペンス支払って舞台上の椅子席を占有、情熱的なせりふの場面では変な声を出し、歌にあわせて陽気な口笛を吹いて、たばこを吸い、つばを吐いた」と書いている。平土間の客はこれを苦々しく思っていたが、もし「あほうは出て行け！」などとのたまおうものなら、その場に「とどまるのは愚か」な立場に追いこまれたという！

デ・ウィットによるサザックのスワン座、1596年

ように観客がいた。裕福な観客のためにはギャラリー（回廊席）が用意されていた。ジュリエットの私室のような場面のために舞台の上にもうひとつの演技空間があり、人物の「発覚」の場面などに用いる幕を下ろした舞台背面の空間、登場と退場のための脇の2つの戸口、さらに落とし戸も備わっていた。

　これは「想像力」をかきたてる意味では最高の劇場形態で、真に大切なもの——役者と、劇の筋と、観客——に焦点を集中させるには好適だった。

　平土間の客（「グラウンドリング」と呼ば

『ウィンザーの陽気な女房たち』を観劇するエリザベス女王

1581年
イタリアの作曲家バルタサリーニによる初の劇的なバレエ『レーヌのバレエ・コミーク』がパリで舞台にかけられる。

1618年
プラハではボヘミアのプロテスタントたちによる反発が強まり、「30年戦争」の引き金となる。

1628年
イギリスの医者ウィリアム・ハーヴェイが『心臓の運動と血液』を出版、血液が循環することを明らかにした。

ロンドンの新グローブ座の歴史的な初日の光景

れるのは、屋根のない中央の土間（グラウンド）にしか入れない、経済力のない客という意味）はやじ馬以上のものではなかった、と歴史学者にしばしば糾弾されることがある。だが、無作法な連中がまぎれこんでいたにせよ、楽しい物語をじゃまだてしようなどとは思ってもみなかったにちがいない。結局、彼らは骨おって稼いだ賃金を手にして芝居を見にきたのだ。もし多少手におえないところがあったとしても、それは演目の（あるいはとなりの観客の）レベルの低さに呆れはてたからではなかったのか。今日ならば、商業主義に毒されて、高すぎるチケット代を払わされる、派手なだけで安手な作りの舞台や、芸術家気どりの審美主義者によって自己満足のために作られるポストモダンの形式主義的パフォーマンス・アートなどには、少しくらいなら無作法を働いてもいいのに。現代の観客がくだらない芝居のへたくそな役者に向かって腐った野菜を投げつけるのを止めてしまったとは、何としても惜しいことをしたものだなあ！

シェイクスピアの芝居を上演したブラックフライアーズ座のような屋内の私設劇場では、照明に関して多少の実験が可能だった（昼間であれば、たくさんのろうそくを使用し、夜間はろうそくを少々と松明を用いた）。しかし、昼と夜の違いを明確にわからせたのが、せりふと衣装だった点に変わりはない。演技のための空間をもつ大広間、宮廷、学校といった、その他の私設の「劇場」では、「間狂言」（インタールード）という短くて、主として喜劇的な食後の余興が仮面劇や仮装行列とともに上演されていた。

《隠された場面》

興味深いことに、「私設劇場」で供される娯楽に関して、エリザベス朝の一般男性は当然ながら多少疑惑の目をもって見ていた。望ましからぬものが排除されるエリートたちの活動、というのが近代的な解釈だが、そうは思われていなかったのだ。むしろ、よからぬことを隠したいと願っているうぬぼれの異常に強い人間どもの密かな会合、と思われていた節がある！まるで巨大産業の重役会議や政府の閣議のありさまを熟知していたかのようだ。

《大向こうのゴシップ》

エリザベス朝の劇場は当時の独身者向きバーのような存在だった。批評家スティーヴン・ゴッソン（1554–1624）は『悪弊の学校』（1579）の中で、男性の平土間客が女性のとなりで「ふくらませて、押しつけて……、むずむずして、肩を寄せている」と記している。男性客は女性となれなれしくしたがって、せっせと「色目を使い、微笑んだり、ウィンクしたり」するのに忙しかったという。

シェイクスピアの世界　39

1616年
イングランド国王ジェイムズ1世は困窮をきわめた国庫を補填すべく貴族の爵位を売りに出す。

1616年
ベン・ジョンソンの出版した『詩集』には、「私のために乾杯しください、ただし目だけで……」という文句がある。

1616年
ヴァチカンはガリレオ・ガリレイにコペルニクスの「異端」の説を擁護するのをやめるよう命じて、彼を逮捕させる。

1616年
ウィルと遺書
最後に遺した言葉？　いやあ、じつはね……

ストラットフォード・アポン・エイヴォンにあるシェイクスピアの記念碑

シェイクスピアの死因についてはさだかではない。死後50年たった頃、あるうわさが飛びかった。あるストラットフォードの牧師の日記の記述に基づくものだったが、シェイクスピアがベン・ジョンソンその他と「楽しい集い」を催して、「痛飲」したのが死の原因だという。まあ、真相がどうあれ、1616年4月23日、齢52歳で、世のわずらいのすべてを投げ捨てることにあいなったのだけは事実である。

1611年の『テンペスト』執筆後しばらくたった頃、彼はストラットフォードに引退した。故郷でのシェイクスピアは、ロウによれば、「安逸と隠棲を楽しみ、友人との語らいのうちに」過ごしていたという。土地と家屋を所有し、当時すでにストラットフォードではひとかどの有名人であった。彼の死に関しておそらくもっとも興味をひく点は、自らの墓碑に創作した碑文と最後の遺書であろう。墓碑銘には、このような警告がなされている。

　　よき友よ、神の子イエスにかけて、慎むべし
　　ここに安置された遺骨を掘り起こすことを
　　この墓石に手を触れぬ者は幸いなり
　　我が骨を動かさんとする者には呪いあれ

シェイクスピアは財産のほとんどを娘スザンナと夫ジョン・ホールに遺贈した。さまざまな論評を呼びさましてきたのは、その遺書に添えられた除外例と変更である。彼は遺書の最初の版を1月に作成した。が、身体の衰えを自覚した3月の25日にウォリックの弁護士フランシス・コリンズを呼びもどして、もう1人の娘ジュディスのための規定に変更を追加させたのである。彼女は2月

1616 年
日本の侍、三井則兵衛高俊が酒と醤油を商う店を開業、顧客が酒を飲むためならどんな貴重品でも質に入れることを発見する。

1616 年
アントワープの大聖堂が 264 年の工事期間をかけて完成する。

1616 年
オランダの天文学者・数学者ウィルブロルド・スネルが光の屈折の原理を発見する。

《血筋》

シェイクスピアは芸術、知恵、商才の場で自分が生涯かけて稼ぎだしたすべてを、当時の男性のひそみにならって、男性の世継ぎに遺産贈与したいと望んでいた。これがスザンナに財産の大半を残した理由だろう。彼本人の息子は生きのびることがかなわなかったが、遺書には娘への遺贈分が「彼女から法的に生まれる第 1 子の男の子」に譲られるよう明記してある。遺書には自分の文学の産物に関する希望はひとつとして言及されていない。おそらくは著作権をめぐる領域がまったくいいかげんであった時代のこと、触れるまでもないとの判断だったのだろう。

さらに「2 番目に上等の寝台」を妻アン・ハサウェイに遺している。2 番目に上等な寝台とは夫婦が床をともにしたベッドのことで、最上の寝台は賓客のために取って

《登場人物表》

シェイクスピアの妹で最後まで生き残ったジョウン・ハートには、生涯ヘンリー・ストリートの家屋を使用できる権利と 30 ポンドが遺された。彼女の息子たちはそれぞれ 5 ポンドを受け取った。リチャード・バーベッジ、ジョン・ヘミング、ヘン

自宅の庭陰でシェイクスピアは何を見出したのか？

にトマス・クワイニーと結婚していた。シェイクスピアはこの婿を気に入らず、うわべはもっともな理由をつけて（19 ページ参照）、娘に 100 ポンドと、さらに 3 年以上長生きした場合 150 ポンドを残した。ただしクワイニーには、彼が「娘の土地に身を落ちつけた場合は 150 ポンド」の条件をつけて、それ以外の金銭の授受をいっさい禁じている。

リー・コンデルは各自（追悼記念の意味をこめて）「指輪を買うように」との指示で、28 シリングと 6 ペンスを受領している。コンデルとヘミングは『ファースト・フォリオ』の出版という、完璧かつ意義深い業績をもって、シェイクスピアを追悼することになった。

おいたものだったと思われる。この遺産分与は皮肉な当てこすりだったのか、あるいは何らかの内密な冗談だったのか、それとも真心のこもった贈り物だったのか？ そもそもアンは妻として法的に当然の権利がある財産一式の 3 分の 1 を、なぜ要求しなかったのだろうか？ われわれには知る由もない。

1623 年版フォリオの中で、ジョンソンは輝くばかりの長大な賛辞をささげて、次のような詩を書いている。

時代の精髄よ！
喝采！ 歓喜！ 我が舞台の奇跡！
我がシェイクスピアよ、立ちあがれ……
そなたこそ墓石なき記念碑
そなたの生命は永遠に生きつづけるのだ、
そなたの書物に生あるかぎり、
我らに書を読む知恵があり、
与えるべき賞賛の念のあるかぎり。

1592年
エディンバラの議会が長老派の教会運営制度に同意する。

1597年
初の国内産トマトがイングランドで生産され、食用に供される。

1599年
トマソ・カンパネラが革命を指導したとして、ナポリで投獄される。聖職者が科学的な魔術によって統治する理想社会を描いた『太陽の国』を獄中で執筆する。

1592年から1612年にかけて

輝くものすべてが……
都市のシェイクスピア

偉大な人間の才能には際限がなかったということだろうか？ シェイクスピアはその世代の最高の作家であるだけに飽きたらず、成功を元手にして投資するという点でも才覚を発揮して、劇団の共同経営者、資産家、地方の名士（カントリー・ジェントルマン）、地主となりおおせた。しかも、控えめにいって演劇界がきわめて不安定な職業であった時代にあって、このすべてをなしとげているのだ。とにかく、楽しみを阻害しようとするピューリタン、ロンドン市長および当局ばかりか、腺ペストがいつなんどき襲ってくるかわからないご時勢だったのだから。

《登場人物表》
ニュー・プレイスは篤志家サー・ヒュー・クロブトン(?–1496)によって建てられた屋敷だった。ストラットフォードの居住者のためにギルド・チャペルを再建し、南方に当たるロンドン方面の道路の通る橋をエイヴォン川にかけたのも彼だった。若きウィリーが名声と富を求めてロンドンへ旅立ったとき、いつの日か帰郷して、この橋の建設者の屋敷を購入することになるとは夢にも思わなかったことだろう！ ところで、エイヴォンとはケルトの古語で「川」を意味していたので、エイヴォン川はじつは「川川」という珍妙な名称だった。

《本を売りだす》
出版業と印刷業が上昇気流に乗っていた。1600年にはおよそ100軒の出版業者がいたが、そのうち19軒は印刷屋もかねていた。『タイタス・アンドロニカス』はシェイクスピアの最初に印刷された芝居だが、1612年に引退した頃には、ほぼ半数の芝居が出版されていて、その半分以上には実際に著者の名前が印刷されていた。

シェイクスピアの経済面の成功は、芸術的な天才とちょっとした幸運の合体によるものだった。彼の時代の前まで、演劇は「高尚な」文筆活動の分野とはみなされていなかった。高尚な文芸は詩と散文の専売特許だった。しかしシェイクスピアには自分の才能を花開かせるのは大衆演劇の舞台の上のこと、という自覚があった。彼は眼識のある観客を相手にして、旧弊な物語に生命を吹きこんでいった。「まじめな」詩人たちには衝撃だったろうが、これが商業的に莫大な収益をあげたのだ。俳優たちが主導する劇団からは1編の

1600年
フランスのアンリ4世は姪のマリー・ド・メディシスと10月に結婚、トスカーナを掌握する。

1608年
女王エリザベス付きの占星術師ジョン・ディーが貧窮のうちに死去する。

1610年
ジョン・デッカーとトマス・ミドルトン合作の『ほえる女、すりのモル』がプリンシズ・メンによってロンドンのフォーチュン座で上演される。

エリザベス女王のために『マクベス』の私的な公演を演出するシェイクスピア

芝居ごとに5、6ポンドが支払われたが、これは大工の6か月分の給金に相当し、「羽根ぶとん」の旅館の8か月の宿代に当たるものだった。

1599年のこと、リチャードとカスバートのバーベッジ兄弟、ウィル・ケンプ、ジョン・ヘミング、オーガスティン・フィリップス、トム・ポープその他と一緒に、彼は新築なったグローブ座の「管理者」（ハウスキーパー）として10分の1の株主となった。これで彼は自作の芝居を舞台にかけ、出演料も手に入れ、なおかつ興行の売上げにも預かることになったのである！ 当時は、新作は数日おきに初演され、9編か10編ほどのレパートリーに入ると、数週間以上も交替で上演された。だからたとえ印税を受け取っていなかったとしても、多量の再演の上がりから財を築くことができたのである。

このようにしてシェイクスピアは自分の一族の傾いた運勢を回復することができたのである。1597年にストラットフォードで一番りっぱな屋敷ニュー・プレイスを購入した。彼はまた穀物にも投資し、土地を貸与し（「10分の1税徴収権」）、1601年にはオールド・ストラットフォードに100エーカーの耕地を購入している。1612年に彼はロンドンを引きあげて、ストラットフォードにもどったが、すでに町の顔ともいえる存在になっていた。後年（1613年）、ブラックフライアーズ付近の土地も購入している。すべてを考慮にいれてみると、シェイクスピアはほぼ年収180ポンドから200ポンドほどを稼いでいたことになる。学校教師の給料が年間で5ポンドから20ポンドの間とされているから、芝居のもの書きにしては、まずもって上出来の部類ではないか！

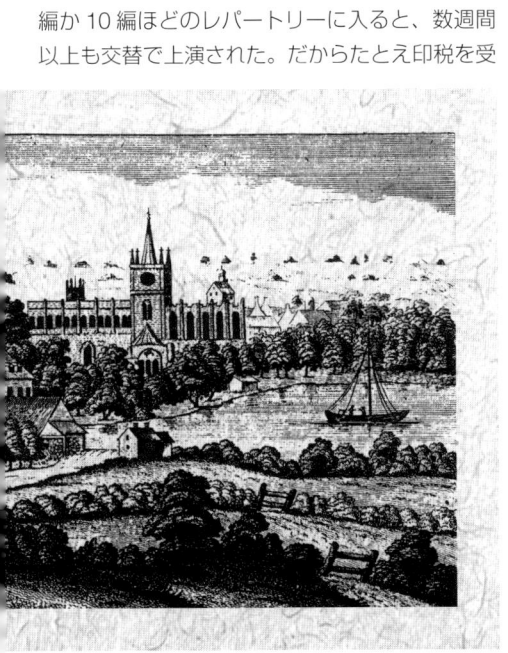

1746年頃のストラットフォード・アポン・エイヴォン南西の眺望

シェイクスピアの世界

1450 年	1463 年	1507 年
フォルミニーの戦いでイギリス軍の大弓の射手がフランス軍の大砲によって粉砕される。	トランプのカードの輸入が地元の生産者の士気を鼓舞するためイギリスで禁じられる。	マルティン・ヴァルトゼーミューラーは南アメリカとアジアがはじめて分割された地図を作成して、アメリカが「新世界」であるという概念を示す。

1450 年から 1650 年にかけて

宮廷祝典局長は何もかもがまんならない
セックスも遠慮してもらおう

　エリザベス朝の冬は「祭典のシーズン」をもたらした。民衆に人気のあるにぎやかなパーティから宮廷の行列にいたるお祭り騒ぎが、数週間にわたってもよおされたのである。これは少なくとも 14 世紀以来おこなわれていた慣行で、支配階級によって毎年短期間だけ「無秩序」が許され、民衆の不満を解消するための安全弁の役割をはたしていたのである。

　町や村の民衆は、通常のふるまいやしきたりに──ごく穏やかにではあるけれども──違背して、阿呆を演じ、また当局をあざけるよう奨励されたのである。「無秩序の主人」あるいは「クリスマスの王」が地元の人士の中から選ばれて、その式典の「司式」を務め、無作法なおこないを指揮したのである。学生や徒弟以外に適任者がいただろうか。オックスフォードやケンブリッジでは学生が副総長（大学の事実上の最高責任者）や職員を侮辱する演説をぶった（まあ、なんたる不良学生たち！）、一方ロンドンでは徒弟がしばしば一騒動やらかして、とくに売春宿、旅館、劇場を襲撃したのである（もっとましな標的がありそうなものだが）。1617 年にはコックピット座を焼き討ちしたほどだった。

　貴族階級の間では、こうした季節独特の余興はより凝ったものとなった。祭典のシーズンは 11 月 17 日（エリザベス女王の戴冠式の記念日）に宮中で音楽、舞踏、仮面劇、劇的な出し物（とき

無秩序の主人が飲み騒ぐ連中を指揮して、仲間と浮かれている

> **《阿呆学校》**
> 12 月 6 日から 12 月 28 日の聖なる嬰児殉教の日まで、学校の生徒たちはラテン語の授業に休息の期間をもらって、少年主教を選んでいた。この伝統はヨーロッパ大陸における愚者の祭りと似ていなくもない。この期間、子どもたちは教会を嘲笑し、家から家を回っては小遣いをねだったのである。

1534年	1547年	1648年
ヘンリー8世は妻キャサリン・オヴ・アラゴンと離婚して、アン・ブリンと再婚するために、カトリック教会と絶縁し、みずからイギリス国教会の首長と宣言する。	ヴェニスの画家ティントレットが「最後の晩餐」を描く。	ウェストファーレンの条約によりドイツの30年戦争が終結する。

にはシェイクスピアの芝居)をもってはじまった。この祭典をしきるお役目は「宮廷祝典局長」にふられたが、「無秩序の主人」とはうってかわって、無作法なふるまいや芝居の中の扇動的な要素にたいしてはまったく寛容ではなかった。宮廷祝典局長は演目と役者の選抜の責任をまかされていて、シェイクスピアがしばしばそうであったように、議論を呼ぶような題材を少しばかり取りあげたいと思う劇作家は、首の安泰を願うなら十分に気をつけなくてはならなかった。

エリザベス女王の治世において、宮廷祝典局は率直にいえば検閲機構の役割をはたしていた。1579年から1603年まで、その地位はエドマンド・ティルニー (?–1610) が在任、彼はその職務をきわめて真剣にとらえ権限を強化したため、劇団が祝典局に許可を受けずに芝居を上演した場合は罰されることになった。すべての戯曲は認可を受けるために提出を義務づけられ、特権をうるためには金銭を支払わなければならなかった。ひとたび彼が削除を要請したとなると、それが完遂されるまでは上演許可をくださなかった。宗教や政治を攻撃した箇所にはことのほか敏感だった。彼

> 《大向こうのゴシップ》
>
> シェイクスピアはティルニーの不興を買わないよう、たくみに立ち回った。彼の歴史劇は同時代の政情をさほど偽装もせずに分析したものだが、ティルニーはこれに上演許可を与えている。悲劇にしても、ある意味で焦眉の急といえそうな政治問題にふれる内容が含まれているのに、問題なく上演された。どのような場合であれ、検閲は生の上演に関しては全き成功をおさめることが難しいのだ──言葉遣い、声の抑揚、表情、目つき、ジェスチャー、沈黙など、役者たちの腕でできることはことのほか多く、これらは台本から削除しようとしても無理な相談なのである。

はまた諷刺にもうるさかった(セックスだけはおいといて……なわけがない、そちらの方面もお気に召さなかったのだ)。たとえば今日のわれわれの知る形での『リチャード2世』の王の廃位の場面は、エリザベス女王の治世には出版されていなかった。厳格な検査官ティルニーがさしさわりのあるせりふを削除していたことはまず疑いないところだ。

女優フィオナ・ショーがリチャード3世に扮して、ズボンのはき方を教えてくれる

《登場人物表》

検閲にはスパイがつきもの。ベン・ジョンソンは『バーソロミュー・フェア』(1614)で「場面の政治的な鍵をこじあける泥棒」のことをせせら笑っている。つまり、宮廷祝典局長に告げ口せんがために上演内容を歪曲して「解釈」する輩のことである。ジョンソンの辛らつさは個人攻撃にあった。1605年、合作した『おうい、東行きだよ!』でスコットランド人を揶揄した(だって、おもしろい連中だからね)のだが、ジェイムズ王を馬鹿にしたかどで投獄されてしまった。

1593 年
ロンドンの劇場がペストのために1年間閉鎖される。

1594 年
フロリダで神父バルサザー・ロペスがインディアン80名の洗礼を一挙におこなう。

1597 年
スペインの抒情詩人フェルナンド・デ・エレーラがセビーリャで死去する。1571年のレパントの戦いを描写した『カンシオーン』で有名。

1590年から1616年にかけて
痛いときだけに笑えます！
懲罰、囚人、快活な免罪師ポーシャ

　エリザベス朝の人々は刑罰を考案するのが上手だった。女王の寵臣サー・ウォルター・ローリーその人にしてから、1603年に、「絞首台につるし、絶命前に切り刻み……身体を切開、秘部は切断、火にくべて……心臓と内臓はえぐりだすべし」と宣告された。さらに死後に首をはねられ、体は四つ裂きにされる手はずになっていた。わずか2年前には、長年のライバルだったエセックス伯が謀反のかどで斬首されるのを見て、高笑いしていたご本人なのに。もっともローリーは幸運の持ち主だった。結局彼の耐えなくてはならなかった事態は、とりあえずロンドン塔での13年間の幽閉ですんだのだから！

　正義はいつの世もゆゆしき大事だが、今日（の少なくとも文明化された地域での状況）とは異なって、裁きの大半に復讐の意味合いがこめられていた。しかし、慈悲の心がまったく忘れられてい

《大向こうのゴシップ》
ロンドンのブライドウェル矯正院が貧困者救済のために建てられた施設と聞いたら、驚くのではないだろうか。重労働を課された犯罪者は、「怠惰という原因によって悪漢にならないように」、更生を目的として収容されていたのである。なんともはや！

『ハムレット』の終幕。凄惨な光景に弁解の必要はない

たというわけではなく、シェイクスピアの芝居には社会が復讐とならんで赦免や恩赦を与えうるというすばらしい例が示されている。1603年にジェイムズ王が新しい王位に登りつめたとき、ベリック監獄の囚人には「大逆罪、殺人罪、カトリックの教義」で有罪とされた者をのぞいて特赦が与えられたのである。王はなんと債務者の負債まで代わって支払ったほどだった。

　シェイクスピアのとくに喜劇では許しと復讐の間の緊張関係を探究した内容が目立つ。一方の悲劇は、「舞台の壇上に」（『ハムレット』のホレイショーのせりふ）死屍累々とならぶ様を見せて、

1610年
作曲家モンテヴェルディがヴェニスで『晩祷』を出版する。

1613年
ロシアのロマノフ王朝がはじまり、1917年まで続く。

1614年
ヴェニスの牢獄とそれをむすぶ嘆きの橋が、総督の宮殿の監獄を増築するために着工から41年後に完成する。

1994年の『尺には尺を』で証人喚問するRSC

正義の追求につきものの暴力性を描いているといえるかもしれない。喜劇では許しは与えることが可能だという魅惑的な力の所在を明らかにしているといえよう。ローリーの裁判と同年に、宮廷で『尺には尺を』が上演された。主人公の公爵は、「子どもの面前に樺の小枝のムチを脅すためだけに突きだして、実際には用いない」と懲罰には反対の立場をとってきた人物。殴るより脅すほうがよし、とこれはこれで間違いではなかろう。が、この芝居にはもうひとつの視点が示されている。公爵代理のアンジェロはじつは本人が「斬首刑や絞首刑」に値する罪を犯しておきながら、「法律をかかしのようにしてはならない」との思いから、「ムチ打ちの刑に処するよい口実でも見つかればよいが」とばかりの行動をとるのである。

慈悲と許しをめぐってなされた、おそらくもっとも有名な議論は『ヴェニスの商人』に見られるだろう。ポーシャは許しを与えたからといって何も失うわけではないと主張

慈悲よりも、上品さを感じとってほしい。ポーシャに扮するエレン・テリー

して、「慈悲は無理強いされるものではない」という名せりふを述べる。それどころか慈悲は「この王笏の権力を超えて、心の中に玉座を占める」もの。彼女がユダヤ人の金貸しシャイロックに指摘するように、慈悲とは「受けとるもの」と同様「与えるもの」にも幸いとなるような「二重の祝福」なのである。見事な論旨、あっぱれではないか、ポーシャ！

《流刑の問題》

戴冠式から6か月もたたないうちに、ジェイムズ1世には、「矯正不可能な、危険な悪党」に恩赦を与えイギリス社会に復帰させるのに代えて、大西洋の向こうの「ニューファンドランド」に送ってしまえばいいのではないか、という絶妙なアイディアがひらめいた。こうして彼は本来なら絞首刑に処されるべき人物を輸出するという流行を、まぎれもなく作りだした人物となった。もし彼にファースト・フードやテーマ・パークを予知する能力があったら、もっと首つり用の縄を買いこんでおいたほうが賢明だったと思ったことだろうね。

1567年	1612年	1617年
スコットランドの女王メアリーが息子のジェイムズ6世に譲位する。	音楽家オーランドー・ギボンズが「ヴィオールと声楽のための5声のマドリガルとモテット第1集」を出版する。	ポカホンタス、別名レイディ・レベッカ・ロルフがイングランド訪問中に死去する。

1550年から1950年にかけて
ボトムの名の下に
名前にはどんな意味があるの？ けっこう何でもかんでも

　エリザベス朝の作家は芝居の登場人物の名前を面白おかしくつけていたようだ。ベン・ジョンソンはヴォルポーネ（狐）という名前そのままの人物を同題名の作品に登場させている。また、『バーソロミュー・フェア』には、偽善的なピューリタンで「ジール・オヴ・ザ・ランド」（憂国の徒）の異名をとるビジー（おいそが氏）、召使のウォスプ（怒りっぽいスズメバチ君）、若い純情な娘グレイス・ウェルボーン（育ちのいいメグミちゃん）が出てくる。シェイクスピアも『夏の夜の夢』で、肉体的な特徴や職業にちなんでボトム（どん底）、スターヴリング（腹を空かした痩せっぽち）、クインス（マルメロという洋ナシの形をした果物）、スナウト（豚の鼻）を登場させて、同様のおふざけを楽しんでいる。

　批評家ジョン・ラスキン (1819–1900) は経済学論文集『ミューネラ・パルヴェリス』（1粒の麦を惜しみて、1872) の中で、シェイクスピアの登場人物の語源を記述しようと試みた。しかし批評家マシュー・アーノルド (1822–88) に意味をでっち上げていると事実上の非難を受けてからは、少しおとなしくなった。小説家ジェイムズ・ジョイス (1882–1941) はおもしろい警句をとばす名手だったが、『ユリシーズ』(1922) の中でシェイクスピア夫妻の名前を気のきいた冗談にしている。主人公ステーヴン・ディ

踏み段をはい登る『ウィンザーの陽気な女房たち』のシャロー判事

《大向こうのゴシップ》

『尺には尺を』には、「口の軽い」(loose tongue) 人物ルーシオが登場する。「法の力」(arm of the law) を代表する警吏のエルボウ（ひじ）、頭の中身のない「あぶく」(froth) という名のフロス、ミストレス・オーヴァーダン（やりすぎ）とケイト・キープダウン（寝っぱなし）という名の娼婦が出てくる。

1693年
フランシス・ホワイトの経営する「ホワイトのチョコレート・ハウス」がロンドンのセント・ジェイムズ・ストリートに開店する。

1748年
医者ウィリアム・カレンがグラスゴー大学で初の人工的な冷蔵器具を公開する。

1925年
「チャールストン」がハーレム出身の「赤髪」のアメリカ人女性「ブリックトップ」によってパリに紹介される。彼女は歓楽街ピガール地区のホステスになった。

《ウィッティ・ウィリー》

シェイクスピアは自分の名前も言葉遊びのネタにしている。「ソネット第135番」で、「望みをかなえて、いまやきみは3つのウィルを手に入れた、きみのウィルと、もう1人のウィルと、さらに別のウィルと……全部をひとつと考えて、そのウィルの中にぼくも加えてほしい」と書いたとき、「女は欲望(will)を満たすもの」ということわざを下敷きにしている。また、「第143番」でも、「きみのウィルが手に入るようにぼくも祈ろう」としている。

―ダラスに、「意思(ウィル)のあるところ、アンに道は開ける(アン・ハサ・ウェイ)」と言わせているのだ。(OK、気に入ってくれたかな?)

シェイクスピアの登場人物名には「おふざけ」に聞こえるものもある。リチャード2世の処刑人はサー・ピアス(痛いっ!)であるが、『リチャード3世』でもやはり似たような役回りでブラッケンベリー(「ブレイク・アンド・ベリー」(砕いて埋めろ)って、なかなかの名前だな)という名の騎士が登場する。『ウィンザーの陽気な女房たち』のシャロー判事はおつむの浅はかさにちなんだ名前だ。マクベスを悪鬼の誘惑に屈する人物と考えると、シートンという召使いがいることは似つかわしい(シートンとセイタン(悪魔)の類推はいうまでもなかろう)。シェイクスピアはまた頭韻の言葉遊びもしている。『コリオレイナス』の女性たち一群はヴァレーリア、ヴァージリア、ヴォラムニアとVではじまる名前でそろえている。『夏の夜の夢』ではヒポリタ、ハーミア、ヘレナとHではじまる名前ばかり。『リア王』のコーディリアはギリシャ語の「啓示された心」からきている一方、ゴネリルの名前は「りん病」(gonorrhea)を暗示して

いるようだし、リーガンは餌食の目をつつく大ガラス(raven)と響きが似ていなくもない。ときには例えばフランス人(いつもイギリス人にとって都合のよいからかいの的なのだが)のような連中に、ちょっかいを出すこともある。『ヘンリー6世第1部』において、イギリス軍の英雄トールボット卿はジャンヌ・ダルクに言及して、「乙女(Pucelle)だろうと娼婦(puzzel)だろうと、皇太子だろうとコバンザメだろうと、おまえたちの心臓をおれの馬のひづめで踏みつけてやる」という。行儀の悪いことである。'pucelle'は中世フランス語で「乙女」や「処女」という意味の語だったが、'puzzel'はエリザベス朝英語では「娼婦」という意味だったのである。

RSCの『十二夜』1991年公演のマルヴォーリオ

盲目のグロスターが覚醒する瞬間、ドーヴァー海峡にて

《登場人物表》

『十二夜』は興味深い名前の宝庫だ。オーシーノーは芝居が書かれた当時、ロンドンを訪問した実在の公爵の名前。オリヴィアはまるでアイ・ラヴ・ユーといっているように聞こえる名前だ。だから何なの、という感じではあるが、少なくとも芝居の開幕当初はオーシーノーにとっての思い姫である。ヴァイオラはオリヴィアのアナグラム(つづり換え)のようだ。トービー・ベルチ(げっぷ)にはその名のとおり、げっぷをする場面がある。マルヴォーリオは「悪意のこもった」という含みがありそうだ。ちょうど、『ロミオとジュリエット』に登場するベンヴォーリオと反対である。

1599年
ロンドンの作家リチャード・ビュートの著した『ダイエッツ・ドライ・ディナー』に「単語にRの文字の入っていない月に牡蠣を食べるのは季節はずれで健康によろしくない」と書かれている。

1600年
アンニーバレ・カラッチが「エジプトへの逃避」に最後の筆を入れる。1604年までにはうつ病が高じて、絵が描けなくなる。

1600年
イギリスの物理学者ウィリアム・ギルバートは先駆的著作『磁石について』を執筆、電磁、電力、磁極といった用語を作る。

1599年から1601年にかけて
出番です、デンマーク人
王子は仕返し、亡霊は高いびき

　『ハムレット』(1599–1601)はシェイクスピアのもっとも有名な芝居だろう。「生きるべきか、死ぬべきか」というせりふは、ハムレットの優柔不断な性格をあますところなく表現して、世界文学の中で一番引用される文言となった。また地球上のあらゆる言語に翻訳されてきた。それはなぜだろう？ この芝居を読み、観た人であれば誰しもが、自分の中にハムレット的な要素を感じとるからではないだろうか？

なつかしの我が家、天気のよい日のエルシノア城

　ある学者の説によれば、ハムレットはシェイクスピアのどの登場人物にもまして、作者の心境が反映されているという。それは外見上の問題ではない。ハムレットが語るところに、シェイクスピアは耳を傾けているのである。ハムレットは一国の王子、シェイクスピアは手袋製造業者の小せがれだった。ハムレットは優柔不断であるが、ことの是非を問う判断力においてシェイクスピアは思慮に富み、率直であったと思われる。しかし両名とも、内省的で、知性はきわめて豊か、そして倫理的な選択の問題に関心を寄せていた。クライヴ・ジェイムズが述べたように、「ハムレットは偉大な詩人がもし王子になったらどうなるかを表している」のである。

　『ハムレット』は古代スカンディナヴィアの物語（『原ハムレット』）から採られている。王子ハムレットは亡き父親の霊から、自分は弟クローディアスに殺害され、王妃ガートルードを奪われたと聞かされる。亡霊はハムレットに向かって、母を傷つけることなく、父の恨みを晴らすように求める。ハムレットは叔父クローディアスを欺くため狂気を装い、さらに哀れな旅役者を使って「ねずみとり」の劇中劇上演を仕込む。ハムレットはイギリスに送られる。なんといっても狂人でもそれほど目立たない国だから。クローディアスの顧問官ポローニアスはハムレットの話を立ち聞きしたせいで殺される。クローディアスはハムレットに死の罠をしかける。ハムレットのガールフレンドのオフィーリア（ポローニアスの娘）はストレスが高じて発狂──観客もこの頃までには相当いかれてしまっているので、彼女の気持ちが十分に

《登場人物表》
ハムレットはほかのどのシェイクスピア劇の登場人物に比べても舞台上に1人でいることが多い。ハムレットの役はシェイクスピア劇で最大のせりふ量があって、それも独白が多い。しかもこの独白ときたら、どれもこれも内面的な内容だから、世の学者たちに彼の行動（より正確にいえば、なぜ行動しないか）の理由についてえんえんと議論を続ける根拠を与えてきたのである。

1600年	1601年	1601年
ロンドンでタバコがシリング銀貨で量り売りされ、ダンディたちの間で大人気を博する。	スペインから2群の艦隊がイギリスの支配に反抗するアイルランド人を助けようと到着する。	イングランドで救貧法の施行に続き、浮浪者や乞食へのムチ打ちを許可する法律ができる。

理解できるはず——、溺死体で発見される。彼女の兄レイアティーズは気も狂わんばかりにハムレットに復讐を誓う。最後の場では、ハムレット、レイアティーズ、ガートルード、クローディアスと枕を並べて全員が死亡。簡潔にいえば、「めそめそ、めそめそ、ほら、ぼくを見て、狂っちゃった、おっと、きみのお父さんを殺しちゃった、みんなグルになってぼくのことを、ぼくは死ぬ！」というわけ。

役者にすれば、ハムレット役をものにできるとしたら、俳優稼業で究極の願いが成就したことになるらしい。しかしそういう連中は偉大な役が偉大な俳優を生みだす——逆ではなくて——と信じる輩なのだね。だから、そう、沈んだ面持ちで、あれこれ不安げに考えこんだというような、大げさな演技が大手をふるってできる、という見込みに大喜びで飛びつくのだろう。とにかくハムレット役は相当な満足感にひたれるらしい——少なくともそういう話だ。

《大向こうのゴシップ》

『ハムレット』からの引用に基づく題名をもった書物は数多い。たとえば、ヘンリー・J・ジョーダンの『生きるべきか、死ぬべきか、幸せ、それとも不幸せ？　それが問題だ：神経系と生殖器の機能と障害に関する4つの講義』、あるいは、モンク・フェリスの『ハムレット・チャチャチャ：いかれぽんち・ミュージカル・コメディ』など。

川遊びをしてみようかと考えるオフィーリア

「哀れ、ヨリック！　ぼくのエージェントが彼に付いていればこんなことには！」ハムレットを演じるオリヴィエ

《魂の解放》

『ハムレット』は悲劇である。悲劇とはギリシャ時代に発祥した、社会的および個人的不安（筆者はこのところ毎日この状態だが）に関する芸術形式である。哲学者アリストテレスは悲劇についてたくさんの文章を、しかしかなり不明瞭に、論述している。その中心概念は、「カタルシス」である。観客が主人公の運命にたいして憐憫の情と恐怖の念を抱くことによって「浄化」され「清められる」ことを意味している。悲劇とは、何のことはない、魂の下剤みたいなものか！

1606年
ロシアの「ドミートリー皇子」を騙る僭称者が王位を追われ、ボリス・ゴドゥノフによって殺害される。

1606年
トマス・デッカー作『バビロンの娼婦』がプリンス・ヘンリーズ・メンによって上演される。

1606年
オランダ船ドゥイキン号に乗船した船乗りははじめてオーストラリアを目にしたヨーロッパ人となる。

1606年
破綻したスコットランド人
王になりたかった男

わいわいやって、苦労も何も煮込んじまえ

どうにもこいつは名前を口にしにくい芝居でね——少なくとも演劇の世界に一歩足を踏み入れたらの話。手がかりをあげよう。題名は、'M' ではじまる、2音節の1語からなる。最初の音節は、雨の中で着るもの（マッキントッシュ（防水外套）、略してマック）と同じ発音。役者たちはこの話題に触れることを、とてもきらっている。なんたって迷信深い連中だから。そんなわけで「スコットランドの芝居」といえば、まあ、すむのである。という次第で、Macb*th とでもしておきましょうか。『ハムレット』に比較するとこれはえらく短い芝居だ。ひとつにはジェイムズ王のために上演（および執筆）されたから、と説明されている。なにしろすぐに退屈してしまうので有名だった人物なので。プロットは例によってほかの多くの芝居と同様、概してホリンシェッドの『年代記』の物語から採られている。

> **《大向こうのゴシップ》**
>
> 芝居の公演の前後には絶対『マクベス』のせりふを口にしない役者がいる。ほんとうに魔女の呪いが実現して、悪魔を呼びだすと信じている役者もいるのである（普通こういう連中は宇宙人の母船との接触もしているものだが）。もし誰かが 'M' の文字を口にした場合、まず劇場を出て、3度回って、つばを吐いて、再入館する許可を得なくてはならないのだ（その頃までにはきっと劇場に鍵がかけられているだろうけれど）。

殺人者たちに指示をあたえるマクベス。ジョージ・カタモール画（1880年代中葉）

この物語は、スコットランドはグラームズの領主（セイン）マクベスがスコットランドの国王になろうと欲する、というのが大筋である。彼が最初に登場するのは戦場の英雄としてである。が、3人の魔女に出会って、自分がいずれ国王になる定めと告げられたことから、違った道を歩む運命をたどる（そりゃ、誰だってそうなるだろうが）。レイディ・マクベスはこの一件を聞くにおよぶと、国王ダンカンを殺害し、ことにははずみをつけようと決意する。夫人は夫に暗殺をけしかけるのである（典型的な行動だ！）。マクベスは哀れな2人の下男に罪をなすりつけ、「でも……、でも、ぼくたちはテレビを見てたんです、閣下……」などと弁解の暇も与えず、処分してしまう。ダンカンの2人の息子マルカムとドナルベインはさては次は自分

1606 年
フランス国王アンリ4世は、もし自分がこの先10年間生きられたら、「毎週日曜日に鍋で鶏を調理できないような貧しい農民はわが領内には1人として存在しまい」と語る。

1606 年
1774年にニュー・ヘブリディーズと名づけられることになる南太平洋の諸島が、ポルトガルの探検家ペドロ・フェルナンデス・デ・キロスによって発見される。

1606 年
ユニオン・ジャックがイギリス国旗として採用される。

たちがやられる番かと考えて、逃亡する。マクベスは王冠を戴くが、魔女のもうひとつの予言が気になってしようがない──友人バンクォーの子孫がやはり王になるというのだ。マクベスはバンクォーと息子フリーアンスの殺害を命じるが、子どもには逃げられてしまう。マクベスが再び魔女の予言を聞きに出かけると、魔女はファイフの領主マクダフに気をつけるよう警告を与えるが、女の腹から生まれたものにはマクベスはたおせない、またバーナムの森がダンシネーンの丘まで動いてこないかぎり彼の身は安全だと告げる。当然のことながら、安堵のため息をつくマクベスだが、マクダフの家族は全滅させる。マクダフ本人はイングランドで兵を集めるマルカムの軍に加わる。この頃すでにレイディ・マクベスはサーカスで出番のない道化役者のような存在になってしまい、発狂し、自殺する。マクダフの軍勢が帰国、バーナムの森から切りだした枝で身を隠し（えっ!?）、ダンシネーンの城にマクベスを襲い、決闘となる。「母の子宮を月みちずに引き裂いた」マクダフ（またまた、えっ!?）はマクベスを殺し、マルカムが王位に就く。もう嘘はこりごりだ。

シェイクスピアにしては珍しく、『マクベス』にはサブ・プロット（脇筋）がない。物語は因

《登場人物表》

迷信の話はさておき、この芝居は悪運につきまとわれてきたように見える。1606年の初演の際、レイディ・マクベスを演じた少年俳優ハル・ベリッジが死亡した。また、うわさによると、シェイクスピア自身が思いきってレイディの役を演じたという。しかし、恰幅のいい、ひげ面の42歳の中年が演じたのでは、まるでおとぎ芝居（パントマイム）に出てくる女装の男優のようだったのではないだろうか？

廊下にひそんで殺しの予行演習をするマクベス夫人

果関係をめぐるものだ──罪をひとたび犯すと、魂は硬直化して、悪事をなすことに慣れていく。レイディ・マクベスの侍医が語るように、「自然にさからう行為は自然にそむく悩みごとを生みだす」のである。（侍医が本来なすべきは、まず彼女に抗うつ剤を投与しておいて、精神分析医に強迫神経症の症状を伝えることだったのだ）。

『マクベス』はシェイクスピアのもっとも成功をおさめた作品であるといえる。演劇の言語をみごとに駆使しているからである。設定にもせりふにもアクションの中にも、くりかえし現れるモチーフがある──夜、暗闇、血、死、狂気、超自然。これらすべてがマクベス夫妻の心の恐怖を映しだすのである。なんともおどろおどろしいものばかりだが。

肝心なのは狂気の眼差しと抜き身の剣。
ロイ・マーズデン演じるマクベス

1597年
アクバル大王はインドの農民に自分の畑で産出する総生産量の3分の1を年貢におさめるよう命じる。

1597年
フランス北部アミアンがオーストリア皇子アルブレヒトに攻め落とされ、再びアンリ4世に奪取される。

1597年
オランダ人航海者ヤン・ホイヘン・ヴァン・リンスホーテンの『旅行記』の翻訳の中で紅茶への最初の言及が英語でなされる。ヴァン・リンスホーテンはその飲料のことを「チャー」と呼んでいる。

1597年

「やあ、やあ。いやあな奴！」
（しゃくにさわるこぶ、取ってくれんかい）

つけ鼻にまさるものはなし。
ローレンス・オリヴィエ演じるリチャード3世

　『リチャード3世』はシェイクスピア最初の成功作だったのではなかろうか。やはりホリンシェッドの『年代記』に取材して、王になりたかったもうひとりの男の話だが、今回の主人公はグロスター公リチャード。ただし、自分の心の望みをかなえるために、「ずる賢く、不実な、裏切り者」になる決意を固める人物だ。彼は芝居が開幕して最初の数分間でこの事実を告白するのだが、この独白によって観客の胸は一気に期待でふくらむのである。リチャードの長兄2名、国王エドワード4世とクラレンス公ジョージとがまずは処分の対象となるわけだが、クラレンス公を謀殺する一方で、エドワード王の方は好都合なことに病にたおれて死去してくれる。

　ところが、国王エドワードには2人の息子がいたので（えい、こんちくしょう！）、エドワード・ジュニア（王位後継者）とその弟リチャードをロンドン塔に閉じこめてしまう（ほら、子どもは甘やかすとためにならないっていうでしょう）。そうしておいて2人の子どもは私生児であるとのうわさを流し、一方みずからが国王であると宣言したのである。王位に就いた直後に塔内の王子たちはかたづけることになるのだが、ついでにクラレンス公の子どもたちもおまけに処刑している。ところが、フランスに亡命していたランカスター家のリッチモンド伯ヘンリーが王位への野望を抱いてイギリスに帰国（どこにでもそういう人物がいるものだが）、リチャードに挑戦状をたたきつける。両者はボズワースの戦場であいまみえ、リチャードは当然至極の報いをえる。リッチモンド伯は王座を手にして、観客のみなさま、ご覧じろ、チューダー朝の初代国王ヘンリー7世の誕生と

《大向こうのゴシップ》

　『リチャード3世』の上演中におかしなことが起こる比率はかなり高いらしい（『マクベス』といい勝負になりそうだ）。リチャード3世協会アメリカ支部・前支部長のウィリアム・ホガースによると、19世紀のこと、とある役者が芸歴の晩年に主役を射止め、「われらが不満の冬も……」とはじめたとたん、「くだらん！」と叫ぶや、全裸になって、発狂してしまったことがあったという。

1597年	1597年	1597年
スペイン国王フェリペ2世は第2の無敵艦隊を再度イングランドに向けて出航させるが、またもや嵐のために壊滅する。	ロシアでは逃亡した農奴は逮捕して主人のもとへ返還されるべしとの法令が出される。	アイスランドの火山、ヘクラ山が噴火する。

あいなる次第。ヘンリーはヨーク家の王女エリザベスと結婚、かくしてヨーク家とランカスター家の間にくりひろげられた「ばら戦争」はめでたく終結したのである。当然、イングランドは国をあげての大喜び。この芝居にリチャードのおぞましいまでの猛烈な性格描写がなかったら、長年にわたってこれほどの人気は獲得できなかったろう。リチャード役は役者と観客の両方からもろ手をあげて喝采を受けてきた。その存在は舞台を完全に支配し、数にして10をくだらない独白を語るが、その中には冒頭、舞台に進みでたリチャードがいかに自分が悪党であるかを暴露する「われらが不満の冬もいまやヨーク家の世となり……」という名せりふが含まれている。

とはいえ、実在したリチャードはこれほどの鼻つまみ者ではなかったことと思われる。おそらくシェイクスピアはリチャードについてチューダー朝時代に書かれた文書の影響を受けていたのだろ

《登場人物表》
リチャード3世配下の騎士ジェイムズ・ティルが年若い王子たちを窒息死させたこと、ならびにロンドン塔の階段の下に死体を埋めたことに関しては、なんの証拠も残されていない。しかしながら、1674年に、子どもの骨がロンドン塔の階段の基礎部分で発見されている。1933年になって、遺骨は発掘されて、王子たちの骨であること間違いなしと宣言された。

ロンドン塔の王子たち、サー・ジョン・エヴェレット・ミレー画 (1878)

《もうコリーごり》
コリー・シバーは2時間以内で上演できる『リチャード3世』の短縮版を作成、200年あまりにわたって、シェイクスピアの真正版をイギリスの舞台から駆逐してしまった。シバーはどぎつい場面を追加、王子殺害の場を見せるほどだった。彼みずからリチャードを演じたが、まるで「節のばらばらになった芋虫のゆがんだ隆起物」のようだったという。生で観たら相当な見ものだったことだろうが。

う。リチャードはヨーク家、つまり現国王の敵方の出身という公式的な見解にしたがったまでだろう。というわけで、いまや世界中にリチャード3世協会が設立されて、彼の汚名をぬぐい、その生涯の真実の物語を教示せんと必死の活動をしているのである。明らかにリチャードは独演型の人間だったというだけの話だろう――ちょうど、次章の主人公と同じように!

もはやこれまで、髪を上にあげるべし。リチャード3世に扮したキーン。T. C. ウェイジマン画

シェイクスピアの世界　55

1594年
イタリアの画家ティントレットが75歳でヴェニスで死去する。

1594年
リスボンのスパイス市場がイギリスやオランダにたいして閉鎖される。直接アジアからスパイスを購入する目的でオランダの東インド会社が結成される。

1594年
イギリスの小説家・劇作家トマス・ナッシュの『悲運の旅人――ジャック・ウィルトンの生涯』は冒険小説の先駆となる。

1594年から1595年にかけて
ウィルったら、またあのキノコ食べたの？
『夏の夜の夢』

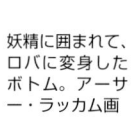

おそらくある貴族の婚礼のために書かれたとされる『夏の夜の夢』は4つのプロットがからみあった内容だが、民間伝承のあれこれをまじえつつ、ほぼシェイクスピア自身が考案した筋によっている。

妖精に囲まれて、ロバに変身したボトム。アーサー・ラッカム画

その筋を統合する要となるのは、アテネの公爵シーシュースとアマゾンの女王ヒポリタの目前にせまった婚礼である。恋愛関係の妙に入り組んだ恋人たち、ライサンダー、ディミートリアス、ハーミア、ヘレナは興奮のきわみ、そこに田舎者の喜劇的登場人物たちが顔を出し、妖精や森の精までがくわわる始末。むろん、妖精の王オーベロンと妃タイテーニアを忘れてはなるまい。芝居の背景は、主としてアテネ郊外の森の中に設定されているが、これには婚礼の宴席向きという意図も多少あったかと思われるが、またそのような環境を利用してシーシュースやヒポリタの――そしてもちろん観客たちの――現実世界と対照させて、超自然の魔術的世界を創出するためでもあったろう。もうひとつのプロットでは、親の権威にはむかう恋人たちを中心にして、オーベロンと家来のパックが人間界の事件に干渉する一方で、職人ボトムと友人たちによって上演される「ピラマスとシスビー」という劇中劇がつけくわえられる。

しかし、この芝居のポイントはその物語性にあるのではない。むしろ驚異と魔法とロマンスを、ときに暗い雰囲気のうちに、喚起したその手腕にある。シェイクスピアの職人芸は演劇の力を活かして、日常生活に見られる現実味、幻想、神話的要素を描ききっている。エリザベス朝の観客が参加する5月祭の喜び、夏至の季節の楽しみ、自然界のもつ魔力への信仰が、このあからさまに恋と権力をめぐる芝居で表現される詩と知恵と理性をとおして、その暗黒の源泉との関連を露呈している。「人間って、なんて間抜けなんでしょう！」

> **《月の光に惑わされ》**
> 銀色に輝く月の光は、『夏の夜の夢』の筋に大きな影響をおよぼしている。月光への言及は28回を数え（シェイクスピア作品の平均ではその4分の1くらい）、魔法にとらわれた世界の雰囲気を喚起するのに一役買っている。「銀の弓のごとくに天に引き絞られた」新月のもと、ようやく恋人たちは結婚できるのである。

1595 年
ケンブリッジ大学は運命の問題をめぐって二分される。女王が介入、議論の停止を命じる。

1595 年
バスク人の捕鯨船長フランソワ・ソピト・ザブルが鯨油を膀胱から抽出可能にするための、レンガの釜を備えた世界最初の工船を考案する。

1595 年
イエズス会のイギリス詩人ロバート・サウスウェルは反逆罪（つまりカトリックの聖職者であるために）で審問の結果、有罪判決を下され、タイバーンで絞首刑にされる。

《大向こうのゴシップ》

『夏の夜の夢』は人類——あるいは、妖精類というべきか——をひいき目に見ているとはいいがたい（もっともシェイクスピア劇の多くでそうかもしれないが）。オーベロンは我を通すために、タイテーニアをボトムとつきあわせて彼女に恥をかかせる。シーシュースはヒポリタの求愛に際して暴力に訴えている——「わたしは剣をもって求婚し、そなたの愛を得るに無礼をあたえた」。作品全体がそんな風に読めるのではないか！

というパックのコメントは、劇中の若い恋人たちだけではなく、思いこみの激しい現実世界の恋人たちにも当てはまるのである。妖精の世界は——恐怖と屈辱の試練の場であるとしても——人間にとってぜったいに必要なのである。

この芝居はピューリタンたちを狼狽させた２つの「悪事」、つまり人間のことばと行為を模倣すること（彼らはこれを欺瞞的な行為と考えた）、男性が女性の扮装をすること（変な歩き方をすることとしか考えられなかった）をも、あざけりの対象としているのである。シェイクスピアは偉大な劇場の詩人だった。観客が不信の念を自発的に停止すること——人間の想像力に付与された自然の力——に全幅の信頼をおいていた。むしろ信じられないのは、ピューリタンたちにそれができなかったという事実のほうである。

《小妖精》

夏至の前夜祭や夏至の祝日は、妖精その他の精霊が人の目に見えるようになる時期とされていた。もっとも下等なりんご酒をがぶ飲みすることと関係がなくもなかったようではある。聖史劇が上演される時期としても人気があった。

オールスター・キャストによる森の中の大騒ぎ。1999年の『夏の夜の夢』マイケル・ホフマン監督作品

シェイクスピアの世界　57

1605年	1605年	1605年
パリの社交界が品性に欠けると感じたランブイエ候夫人カトリーヌ・ド・ヴィヴォンヌ・ド・サヴェリは、自邸において最初の大きなサロンを開き、洗練され機知に富んだ会話で名高いパリ社交界の中心となる。	ガイ・フォークスを首謀者として国会議事堂の爆破を企てた火薬陰謀事件が失敗に終わる。36個の火薬の樽が議事堂の地下で発見された。	世界初の新聞がアントワープで出版される。地元の印刷業者アブラハム・ヴェルコーヴェンという悪名高い酔っ払いが指導した。

1605年
「無からは無しか生まれない」
ゴーディ・リアと3人の娘

　『リア王』の原話はジェフリー・オヴ・マンモス (1100頃–54) の『ブリテン王列伝』(1137) に現れている。しかし、シェイクスピアはその情報を主としてホリンシェッドの『年代記』(1587)、エドマンド・スペンサー（1552頃–99) の長編詩『妖精の女王』(1589–96)、作者不詳の『レア王と3人の娘の実録年代記劇』(1590) から入手している。一方、グロスター公の脇筋はサー・フィリップ・シドニー (1554–86) の『アーケイディア』(1590) によっている。さあ、準備はいいかな？

　この物語は、よぼよぼの老王が3人の娘、ゴネリル、リーガン、コーディリアに自分をどれくらい愛しているかをいわせて、それにしたがって娘たちの間で王国を分割するというものだ（自分の引退を表明するのに賢いやり方とはとても思えないが）。ゴネリルとリーガンは父にへつらいのことばを述べるが、末娘のコーディリアは娘として当然の愛をささげるのみですと答えてしまう。そのあまりの率直さと愛想のなさに逆上したリアが彼女を追いだすと、フランス王が彼女を引きうけて故国へ連れて帰ることになる（ほお〜っ）。ゴネリルとリーガンは父親に大勢の従者を認めようとせず、また尊敬の念すら示さないことで、ほんとうのところどれほどの愛だったのかを見せつける。またまた逆上したリアは娘のどちらとも一緒にいることを拒み、「荒涼たる原野」（『マクベス』第1幕第3場のことば）にさまよい、正気を失っていくのである。真の忠誠心の持ち主ケント伯は、以前コーディリアを弁護したおかげでリアに追放を命じら

> 《お母さんに会いたいよう》
>
> 　『リア王』には母親がいっさい登場しない。その代わりにあるものは、子どもはその存在を父親に負っているとする家父長制的環境である。その結果が、このざまだ！　フロイト主義者やフェミニストが大はしゃぎしたとしても、まあ驚くにはあたらない。

1605年	1605年	1605年
イギリスで最初の鉄道がノッティンガムシャーのウォラトンに敷設される。	バルバドスがイギリス領となる。	ミゲル・セルバンテスの小説『ドン・キホーテ』がスペインで出版される。風車に向かって槍で突進する騎士の物語。

れていたが、変装してリアの従者となり、ドーヴァーまで王を連れて行き、ゴネリルとリーガンをやっつけるために来襲したフランス軍とコーディリアに再会させる。リアは一時正気を回復するも、捕虜となる。コーディリアは絞殺され、リアは彼女の亡骸を腕にして登場、悲嘆にくれて死亡する。

脇筋はグロスター公の私生児エドマンドと善良な嫡出の兄エドガーに関する話。エドマンドの罠にはまったエドガーはほうほうの体で逃げだすや、狂人に扮して放浪中、リアに出会い、さらに盲目にされて追いだされた父親とも合流する。グロスターは平安を見出して、死去。ゴネリルとリーガンはともにエドマンドへの愛情をむきだしにする。その対抗意識と嫉妬心からゴネリルはリーガンを毒殺、自殺する。変装したエドガーにたおされたエドマンドは、「運命の車輪はひとまわりした」と叫ぶ。あんまり愉快な場面は出てこないね、この芝居には。

『リア王』はシェイクスピアのもっとも深遠な芝居とされる。存在自体の意味に深い溝を切り裂こうとすることに、また無が無でしかないと暴露することに、あたかも専

《大向こうのゴシップ》

エリザベス朝の頃には、狂気は悪魔が取り憑いて起こるものとしばしば考えられてきた。エドガーは荒野で「きちがいトム」に変装し、猫いらずのことを口にするが、これは当時狂気を引きおこすと信じられていた。彼はまた悪魔が自分をつけねらっていて、火の中に引きずりこまれると語る。なるほど、だから筆者の近隣地区で猫いらずが配られているんだなあ。

コーディリアを抱きしめて、自分のおこないの結果を思い知るリア

心しているかの趣がある。「無」という語はくりかえし何度も現れる。すべてが荒れ果てて、無秩序で、無意味である——防ごうと思えば簡単にできたはずのコーディリアの死にいたるまで。もっとも卑しい人間の本能が次々と俎上にのせられ、自然の法はくつがえされるのだ。父は子に、子は父に敵対し、友人は敵に変身し、忠誠心や愛情は報われない。

王国を分割すること——実際は、権力の分散だが——により、社会は存続が危うくなると考えられているのだ。とくに既存の経済、政治、社会構造を適切に管理運営しようとする配慮もなく、それがなされた場合には。だから、ピューリタン革命の指導者クロムウェルが出現したときに、演劇のようなナンセンスを一掃しようとしたわけがよくわかるでしょう!

パパに口ごたえするコーディリア

《今度は誰が道化を演じているの?》

『リア王』の道化の役は宮廷道化の伝統に依存するものだが、皮肉なことに、国王の阿呆ぶりを中和する役目を担っている。道化は国王こそ真の阿呆と、恋愛テストと王国分割のあとに指摘する。リアが狂気から回復して正気を取り戻すと、道化は劇の中から消えてしまうのである。

シェイクスピアの世界

1604年	1604年	1604年
ジェイムズ1世のためにベン・ジョンソンが制作した『黒の仮面劇』においてイニゴ・ジョウンズが舞台装置を担当する。	イギリスとスペインの間に和平を講じるロンドン条約が調印される。	匿名のパンフレット「アンチモンの勝利の戦車」によって輝安鉱の新しい名称がつけられる。ヨーロッパ中の医者が熱病にたいする同毒治療としてアンチモン塩を使用するようになる。

1604年
ムーアっと見れば見るほど
（悪くなる一方で）

いや、とにかく、決して笑いごとではありません。今回もまた金持ちや有名人の運命が傾くといった話題であるが、危機に瀕した王国や打倒された支配者や王位簒奪者の姿などは目につかない芝居だ。まさにエリザベス朝風のソープオペラ（連続メロドラマ）で、妻がほかの男性とねんごろになっていると誤解した名高い将軍が妻を絞め殺してしまうという話。シェイクスピア学者キャロライン・スパージョンは、本作に支配的なイメージを「たがいを餌食とするために牙を剥きあう、残虐で傷ついた動物」のものであると定義し、「苦痛と不和をめぐる感情が常にわたしたちの眼前にくりひろげられる」と解説している。それこそまさに前述のソープ・オペラの本質である。

「乱心のきわみ」に達する高貴な武人オセロー

《スピードが命》

シェイクスピアはこの芝居において性格描写を助長するために時間を巧妙かつ劇的なやり方で利用している。第1幕のあと、出来事はじつは2日以内に起こっている。しかし舞台上のアクションはもっと長い期間にわたっているように感じられる。こうした時間の「圧縮」のせいでオセローは考えるいとまを与えられず凶行に走り、もののみごとに情熱の奴隷と化してしまう。彼の気持ちが筆者にはよくわかるけれどもね。

物語はヴェニスにはじまる。イアーゴーはムーア人の将軍で上司のオセローに軍隊の昇任順を飛ばされて頭にきている。経験不足のキャシオーが代わりに昇進したのだ。オセローは元老院議員ブラバンショーの娘デズデモーナと父親の意にそむく秘密の結婚をしたばかり。戦争の危機がせまり、舞台はキプロス島に移る。復讐心の虜となったイアーゴーはオセローにとりいって、デズデモーナがキャシオーと浮気していると告げるのであ

1604年
イギリスにおける教会改革のためにハンプトン・コート会議が招集される。

1604年
エル・グレコが「聖イルデフォンソ」を描く。

1604年
セーヌ川にかかる橋ポン・ヌフがパリ最初の舗装された橋となる。住居や店舗が立ち並ぶ。

《登場人物表》

批評家トマス・ライマー (1641-1713) はシェイクスピアの言語に深い嫌悪感を抱いていた。合理的な科学精神の持ち主であると自認していた彼は、劇聖のせりふがくどすぎると不満を述べたのである――「芝居の中では実業家であるがごとくにせりふは語られねばならない。このような小手先のメタファーや、滑らかな口舌にたよるばかりに、世界中に騒音をまきちらすことになるのである」。

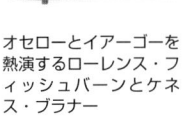

オセローとイアーゴーを熱演するローレンス・フィッシュバーンとケネス・ブラナー

る。証拠を見せろとつめよるオセローに、イアーゴーは一計を案じ、ハンカチーフ(オセローからデズデモーナへの贈り物)をキャシオーの部屋に落としておく。ハンカチーフの一件が発覚して、オセローの心には疑念と不安が増殖、もはや自分では抑えることができない事態へと発展してしまう。情念に呑みこまれてしまった彼にとって、デズデモーナを殺害することは避けられない帰結となる。終幕にいたって、ようやくイアーゴーの姦計が暴露されると、オセローは「賢くはなかったが、あまりに深く愛しすぎた」と叫びながら、わが身を刺すのである。おや、おや。

この芝居は、策略と自己欺瞞、恋情と憎悪、不安と妄想をめぐるものだ。また、動機なき悪意の研究であるともみなされてきた。「正直者のイアーゴー」は自分のとる行動を説明しようとして多くの時間を費やすのだが、あたかもみずからの手に負えない破壊衝動の理由づけを見つけようと悪戦苦闘しているかのようでもある。

オセローの嫉妬の無残な結果とイアーゴーの計略が露見する場面。イタリアの画家ポンペオ・モメンティ(1819-94)画

《大向こうのゴシップ》

オセローのせりふには動物のイメージが頻出するが、なかでも昆虫やはいまわる虫の関係の比喩が多い。イアーゴーはハエのもたらす疫病、ハエを捕る蛇、猿、山猫、山羊について触れている。オセローにすれば、世界は気味の悪いヒキガエルやハエや「見るだにおぞましい化け物」でいっぱいと映るのである。いや、べつに無作法なわけではない、すべて心が生みだしたものなのだから。

シェイクスピアの世界

1611年	1611年	1611年
画家ピーテル・パウル・ルーベンスが「キリスト降架」を完成する。	ジョージ・チャップマンはホーマーの『イリアッド』翻訳を完成する。	南アメリカ・アンデス山脈のポトシの人口が16万人に達する。産出された膨大な銀をスペイン本国に出荷するためにインディオの住民を労働力として雇ったため。

1611年
ドクター・プロスペローの島
魔法にかかったんだって、まあ、ほうなの

『テンペスト』はウィルの最後の、すくなくとも単独で書いた最後の芝居ということになる。この芝居はなんたる想像力とアレゴリーの清華であることか！　めずらしいことに、この物語には特定の材源がない。つまり、作者がこの話を一から作りあげたもののように見えるということである！　とくにこの作品が作家による最後の贈り物であることから、世の学者たちはこの芝居のなかにありとあらゆる意味を深読みしてきた。シェイクスピアは引退に際してのスピーチをプロスペローに語らせているようにも思える──「余興は終わった。いまの役者たちはな、前にも言ったとおり、すべて妖精なのだ、空気のなかへ、淡い空気のなかへと溶けていった……大きな地球そのものも、そう、ここにあるすべてのものが、溶け失せてしまう、いま消えていった実体のない幻影と同じように、跡形もなく消え去るのだ」。

キャリバンとエアリエルがこの2人ならありそうなことをしている。アーサー・ラッカム画

エピローグの最後の2行、「みなさまも罪を許されますように、またわたしも自由にしていただけますようお願いします」ですら、演劇界への個人的な別れのあいさつであるとみなされないでもなかった。物語は、魔法使いのプロスペロー、その娘ミランダ、奴隷で化け物のキャリバン、召使の妖精エアリエルが棲む魔法の島を中心に展開する。プロスペローがここにいるのは、ナポリ王アロンゾーと結託した弟のアントーニオによって、数年前にミラノ公国から追放されたからだった。アントーニオ、

《エリザベス朝のFX（音響効果）》

『テンペスト』はシェイクスピアのもっとも聴覚に訴える芝居だ。芝居の冒頭、海に浮かぶ船上で「大嵐、雷鳴と稲光が聞こえる」、と『ファースト・フォリオ』のト書きにはある。島に上がっても、野生の動物たちの「化け物の耳ですらおびえさせる音」が響きわたるのである。これらすべてを太鼓やらっぱで、あるいは金属をぶつけたりこすりあわせたりして作りだしていたのであろう。

アロンゾー、その弟セバスチャン、アロンゾーの息子ファーディナンド、道化トリンキュロー、酔っ払いの賄い方ステファノーが、プロスペローの魔法が引きおこす海の嵐のせいで難破して、島に上陸するところから芝居は開幕。エアリエルによって魔法をかけられたファーディナンドはミランダと恋に落ちる。アントーニオとセバスチャンはアロンゾーの寝込みを襲い、殺害を謀るが、エアリエルに妨害される。キャリバンはトリンキュロ

1611年	1611年	1611年
デンマークは40年にわたり友好関係の続いたスウェーデンにたいして宣戦布告する。交戦状態は1613年まで。	シリル・ターナーは『無心論者の悲劇、またの名正直者の復讐』を執筆する。	フィリピンのマニラにサント・トマス大学が創立される。

ーとステファノーにプロスペロー暗殺をそそのかし、自由をかちとろうとするが、この計画もエアリエルによってさまたげられる。終幕でプロスペローは全員を前に集めると、彼らに許しを与え、ミラノ公爵として再び故国へ帰る準備をするのだった。単純といえば単純な筋である。

ある学者によれば、芝居全体がシェイクスピアの人生のアレゴリーであるという。また、魔法を用いて「台本を書き、演出する」という意味にお

ウィリアム・ハミルトンの『テンペスト』幻想図。プロスペローがまさしくヴィクトリア朝風にエアリエルを呼びだしている

いて、プロスペローはシェイクスピア自身を表しているという。人々がなにを思いつこうとかまわないが、ともかく『テンペスト』は芸術と自然、リアリティと幻影、死と不滅をめぐる、美しくも寓意的な物語なのである。これはその複雑さを現実の物語として理解するのに痛痒を感じず、また想像力を刺激する魔法の寓話としても理解することが可能な観客を念頭に書かれた、詩人ワーズワースいうところの「魂の旅」なのである。

《大向こうのゴシップ》

小説家ローレンス・ヴァン・デル・ポスト (1906–96) は、エアリエルとキャリバンは島に12年いて、その後プロスペローが12年住みついたと指摘している。ヴァン・デル・ポストの主張によれば、最初の12年はシェイクスピアが執筆をはじめ「自己の内なるハムレット」に気づく危機を迎えるまでの期間、その後の12年は『テンペスト』を書いて「自分だけの個人的な島」を発見するまでの年月に相当するのだという。

ステファーノーがハウスワインの赤をトリンキュローとキャリバンに勧めている

シェイクスピアの世界　63

1597年	1597年	1597年
ジャコポ・ペーリ作曲による世界最初のオペラ『ダフネ』がフィレンツェのコルシ・パラッツォで謝肉祭の私的な上演として舞台にかけられる。古代ギリシャの悲劇で用いられたようなレシタティーヴォ形式の音楽が採用された。	ハンモックがイギリス海軍軍艦で正式に使用することが海軍省によって認可される。	エリザベス女王の歯の黒さがドイツ人旅行者パウル・ヘンターによって記述される。歯の黒ずみは砂糖の過度な消費のせいとして、はじめて砂糖と虫歯が結びつけられた。

1597年

家庭のないしょ話
ロミオとジュリエットの恋のなりゆき

シャーク団とジェット団がはちあわせ。
1961年の映画『ウェストサイド物語』

『ロミオとジュリエットの悲劇』は1597年にはじめてクォートー版で出版された。この芝居はきわめてわいせつな言辞に彩られているが、ウィリアムの全作品中もっとも人気を博したものでもある。いくたのラヴ・ストーリーがこれを元にして制作されたが、ミュージカル『ウェストサイド物語』もそのひとつである。

ヴェローナにモンタギュー家とキャピュレット家という仲たがいしている名家があった。ロミオ・モンタギューはロザラインという女性に夢中になっていたが拒絶され、一目彼女に会おうとして、舞踏会に出かけていく。そこでうら若きジュリエット・キャピュレットと出会うのである。2

人は恋に落ち、秘密のうちに結婚する。血気にはやるティボルト・キャピュレットは舞踏会への招かれざる客ロミオを見とがめて、ロミオに決闘を申し出る。ロミオは断るが、彼のカリスマ的な友人マキューシオが代わりに闘ったあげく殺されてしまう。怒りにかられたロミオはティボルトを殺害、ヴェローナ大公はロミオを追放する。そうこうするうちにジュリエットの父親は娘をパリス伯爵に嫁がせようとする。ジュリエットに同情する修道士ロレンスは仮死状態になる薬（死んだようになるだけなら、スクランピー（リンゴ酒）を飲んでもよかったのだけれどね）を、婚礼の前夜に飲むように、と彼女に与えるのだった。死んだと思われている間に、ロミオが彼女を連れ去りに来るという手はずだった。

《不道徳な習慣》

異論はあろうが、結果として起きた悲劇はすべてロレンス神父とその薬のせいといえる。いったい、彼はそのアイディアをどこから手にしたのだろうか？　まあ、僧院であればその手の歴史には不自由しなかったのである。修道院の解散（1536–40）以来、修道院の養魚池には胎児の骸骨がいっぱいあったとか、僧侶の手慰みに薬を使ってお稚児さんにされた少年がいたとか、とかくのうわさはあとを絶たなかったものだ。

「早く自分の席に着いたほうが楽かもよ」

1597年
リュートの演奏とバラードの歌唱によって有名なジョン・ダウランドが『歌曲集第1巻』を出版する。

1597年
オランダ人航海者ウィレム・バレンツが北極圏で死去する。北東航路を探索し越冬した帰途に没した。

1597年
スコットランド国王ジェイムズ6世が魔法に関する『悪魔学』を出版する。

1968年のゼッフィレリ監督映画でレナード・ホワイティングの死を嘆き哀しむオリヴィア・ハッセイ

ところが万事が狂ってしまう。ロミオには薬の段取りが伝わらない。ロミオは見た目「死んで」いる状態で彼女を発見し、毒を仰ぐ。折から目覚めたジュリエットはロミオが死んでいるのを見つけ、──今度はほんとうに、短剣で──自殺する。結局、両家はたがいの愚かしい不和が事件の根底にあったと悟るのである。

「ほらここに凄い薬があるよ……」

《大向こうのゴシップ》

ジュリエットはロミオと恋に落ちたとき13歳だった。女性の婚期が早かった当時はそれほど驚くべきことではなかった。彼女はすぐに彼にぞっこんになってしまう。だがもし「ロミオ、ロミオ、どうしてあなたはロミオなの?」というつぶやきを盗み聞きしなかったとしたら、彼にも彼女の気持ちがわからなかったことだろう。立ち聞きにも効用があるもんだね。

《そはかぐわしき》

「ばらと呼んでいる花はほかの名前に変えても、同じようにかぐわしいはず」というフレーズは、ライバルであったローズ座への侮辱であったという説がある。ローズ座では裏手に回った一角を屋外の便所として用いていたらしい。ローズ座はその芸術的な質においても同様に「臭い」芝居小屋として評判高かったというのである。

マキューシオはその機知、あてこすり、猥談をもって、このややセンチメンタルな物語にきらめきを与えている。ここでマキューシオのロミオへの忠告(基本的には、「宮廷風恋愛」の観念にとらわれて、あてどなくさまよっているのではなく、さっさとセックスにとりかかるように、という意味の)を引用してみよう。'bauble'(道化のもつ棒)という語は男性性器を暗に表しており、'tale'(話)にもまた同様に男性性器の含みがある。さらに'hole'(穴)や'depth'(深淵)や'hair'(毛)がなにを意味しているのか、これ以上はとても恥ずかしくて申せません。

マキューシオ:よだれたらした恋狂いの男というのは阿呆そのもの、道化の杖を穴に隠そうとして舌をだらんとさせて走りまわるばかり。

ベンヴォーリオ:おさえて、おさえて。
マキューシオ:おれの話を気取られまいと、意に反して止めさせるってのか?
ベンヴォーリオ:さもなきゃおまえのは止めどなく大きくなっちまうからな。
マキューシオ:そいつはお門違い。はしょるつもりだったのさ。おれの話は行き止まりのどん詰まりではめっぱなしさ。これ以上はむり、ごかんべんを、ってな。

大学に進学しようかどうか迷っているジュリエット

1590年
黒死病の脅威がローマその他のイタリアの都市を襲う。

1592年
ポンペイの廃墟が発見される。溶岩のせいで災害が起きた当時そのままの姿勢で市民の体がミイラ化されていた。

1594年
サツマイモがスペイン人によってフィリピンに持ちこまれてから30年後に中国に伝わる。

1590年から1608年にかけて

ローマ史劇

タイタス、トニー、タイモンその他のトーガ・トラブル

シェイクスピアの「ローマ史劇」は、20年近くもの期間にわたって書かれているが、主として古代ギリシャやローマに起こった出来事に関する悲劇的な物語をひとまとめにして呼ぶ際の呼称である。この範疇の劇は、彼のほかの芝居に比べると、少なくとも後期の芝居ほどの人気には事欠いている。

『タイタス・アンドロニカス』(1590–94) はフィリップ・ヘンズロウの『日記』によれば1594年に初演された復讐悲劇である。この芝居には明確な材源があるわけではないが、ローマの古典劇の構造（と例の残虐趣味）の影響を受けている。ローマの将軍タイタスはゴート族の女王タモーラを捕虜として帰還し、その長男を生贄に供するが、当然彼女は激しい反感を彼に抱く。つづいて彼は自分の娘を本人の気に入らない男に娶わせようとするが、彼女は好きな男性とかけおちする。そのふられた男性というのがローマ皇帝なのだが、タ

今年流行のトーガを見せびらかすキャシアス（チャールズ・ヤング）

モーラと結婚、2人はタイタスを殺す算段をめぐらす。最後までに登場人物のほとんど全員が死んでしまう。

『ジュリアス・シーザー』(1599) はシェイクスピアが歴史劇の執筆にけりをつけて、おそらくは1599年に新しいグローブ座をオープンした直後に書いた作品。簡略版で説明しよう：「ブルータス、ぼくたち、きみの親友のシーザーを暗殺しようとしてるんだけど、いっしょにやらない？」ブルータス：「え〜っと、うん、いいよ」（全員でシーザーを突き刺す）。シーザー：「おまえもか、ブルータス」（彼は息絶える、そしてほかのみなも自殺する）。シーザー暗殺の場面を思いかえしてみると、お

《大向こうのゴシップ》

『ジュリアス・シーザー』のグローブ座での初演はスイス人観光客トマス・プラッターが目撃していた。芝居のあとに、「2人の男性が男性の衣装で、もう2人が女性の衣装で踊る、たいへん優美でおもしろい舞踏があった」と書いている！『ジュリアス・シーザー』には、チャイムの鳴る時計、羽毛の帽子、煙突の通風管、装丁した書物が出てくるが、どれも古代ローマにはなかったものばかりである。

1596年	1600年	1603年
イギリスの詩人サー・ジョン・ハリントンは「エイジャックスの変身」という風刺詩を執筆、その結果宮廷を追放される。	中南米のスペイン植民地で白人がインディオの居住区に許可なく立ち入ることを禁じる法律ができる。	建築家カルロ・マデルナがローマ教皇の夏の住居カステル・ゴンドルフォをローマの南東45キロ（28マイル）の地に完成する。

かまの演技で有名なケネス・ウィリアムズ（1926-　）がシーザーに扮して、「ひどい、ひどい、みんなでぐるになってるんだから」と叫んだときのイメージを筆者は消し去ることができない。

『アントニーとクレオパトラ』(1607)はプルタークの『英雄伝』より「アントニーの生涯」に取材している。エジプトに滞在中のマーク・アントニーが、クレオパトラへの愛のせいで、いかに怠惰な美食家へと矮小化してしまったかを描いている。オクテイヴィアス・シーザーがエジプトに進軍すると、アントニーはどちらの側に立って戦うべきかわからなくなる。クレオパトラは自分が死んだとの偽の知らせを送ると、彼は自殺するのが一番いいと考えてしまう。しかし、死を目前にした彼は彼女がまだ生きていると知らされるのである。

『アテネのタイモン』（1607-08）にはなにかとほつれがあり、結末もすっきりしないため、未完の作品とみなされることが多い。寛大な金持ち貴族タイモンにまつわる物語で、彼は破産して、順境のときだけの友人たちに見捨てられるが、森の中で黄金を発見すると、友人たちではなくアテネの敵に金をくれてやるのである。タイモンの墓が海辺に発見され、その墓碑銘には人類への憎悪のことばが刻まれていた。

『コリオレイナス』（1608）は、誕生日のパーティにはあまり呼びたくないようなタイプの男の出世と没落に関わる内容だ。彼は軍隊の英雄、エゴイストで、怒りっぽくて、常識に欠けていて、母親の言いなりになってしまう男性だ。その母ですら、ローマに反旗を翻した彼の行動を「祖国のはらわたを引きちぎる」行為と表現している。同胞からも「病気になった身体、壊疽にかかった足」とみなされる始末。彼はまた自分の職分や市民にたいして関心を払わず、統治者の器ではない。人気者とは金輪際いえないが、国会議員の間ではまんざら人気がなくもなさそうだ。

見るからにおそろしげなトビー・スティーヴンス。RSCの『コリオレイナス』公演で

《上演延期》

シェイクスピア時代に『アテネのタイモン』、『コリオレイナス』、『アントニーとクレオパトラ』が上演されたという記録は残っていない。（それ以後もさほどの成功をおさめることができなかったが、近年アントとクレオにだけは観客は優しい目を向けるようになったようだ）。実際、そのつぎはぎだらけの内容からして『アテネのタイモン』がジェイムズ王時代に上演されたとはおよそ考えにくいところ。

まあ、デカダンスの極致。遊んでばっかりのアント君とクレオちゃん（アラン・リックマンとヘレン・ミレン）

1591 年	1591 年	1592 年
フランスの数学者フランソワ・ヴィエタはアルファベットを用いた代数の記号法を導入する。	エリザベス女王はダブリンのトリニティ・コレッジを創設する。	着工後 294 年を経て、フィレンツェの宮殿パラッツォ・ヴェッキオが完成する。

1590 年から 1597 年にかけて

ヘンリーの一族──なんぼ言うたかて、何部作の男たち

『ヘンリー 6 世』と『ヘンリー 4 世』

歴史を書きなおして

シェイクスピアの歴史劇という呼称は、悲劇や喜劇と同様に、1623 年の『ファースト・フォリオ』でなされたグループ分けによっている。むろんのこと、歴史にかかわる内容ではある。だから当然のことながら、どの芝居をこの範疇に入れるべきかに関しては、その後も議論が分かれてきた。基本的には、歴史劇は出来事や国民性に焦点がおかれ、一方悲劇や喜劇では登場人物が第一に扱われている。とはいえ、シェイクスピアの劇ではこれらは密接にからまっているので、この説明だけでは不正確のそしりを免れないだろう。

『ヘンリー 6 世 第 1・2・3 部』(1590–92) は 3 部作として執筆され、ばら戦争を題材として扱っている。そこで描かれる歴史は、チューダー朝の史観を反映したホリンシェッドを材源としている以上、決して客観的でも公平なものでもない。『第 1 部』はフランスの戦場にはじまる。ヘンリー 5 世が死去、若きヘンリー 6 世が王位に就き、グロスター公は後見人の役目をはたすが、グロスターの敵であるボーフォート枢機卿（ウィンチェスター司教）は内戦を起こす。その後、ランカスター家のサマセット公がヨーク家のリチャード・プランタジネットと争う。ジャンヌ・ダルクは魔女として描かれ、在フランスのイングランドのトールボット卿と戦う。トールボットは戦死、ジャンヌは火刑に処される。『第 2 部』はサフォーク公のはからいで若きヘンリー王とアンジューのマーガレットとの結婚が画策される。ヘンリーは無能であったた

「泣かないでおくんなせえ、だんな。うちに帰ったら、すぐに洗ってさしあげますぜ」

《イングランドの庭》

ヘンリーの家系を描いた芝居に支配的なイメージは、若々しい果実、花、草木が無知な庭師の不注意のせいで最後は枯れていく様子である。あるメタファーではヨーク家とランカスター家の家紋（白ばらと赤ばら）に関連したものが使われ、また別なところでは王の死は社会の根っこが枯れて腐っていくことを暗に示している。

1593 年
アンリ 4 世はサン・ドニでミサに出席後、カトリックに改宗する。

1594 年
彫刻家ジョヴァンニ・ダ・ボローニャはフィレンツェにコジモ 1 世とフェルディナンドの乗馬姿の像を建てる。

1595 年
修道僧メンディエタは麻疹、おたふくかぜ、チフスがヌエバ・エスパーニャのインディオに多く見られると報告する。

『ヘンリー 4 世 第 1 部』で国王のふりをするフォールスタッフ。椅子がかわいそう。

> 《大向こうのゴシップ》
>
> 概していえば、歴史劇はリチャード 2 世が領土を失いはじめる 1398 年以降、リチャード 3 世がボズワースの戦いで敗戦を喫する 1485 年までのイングランドの政変を描いている。『ジョン王』は 13 世紀の話なので、やや例外的。歴史劇はときに年代記劇ともいわれる。(実際には、「年代記劇」は歴史劇のなかのひとつの類型に入るのだが)。シェイクスピアが歴史劇の創始者だといってさしつかえないだろう。

め、この策をもってサフォークとマーガレットは支配権を確立する。サフォーク公はグロスター公を殺害するが、みずからも追放されて、海賊に殺される。ジャック・ケイドに率いられた農民の反乱軍が蜂起するが、ケイドが殺されると農民たちも故郷に帰る。そうこうする間に、ヨーク公リチャードは、ヘンリーの一族よりも王家の血が濃いことを理由にして、われこそが国王なりと宣言する(ヴァージニアでのバナナの栽培から逃れる手段として)。(ここでばら戦争勃発のキューが入る)。『第 3 部』ではヨークは殺されるが、その家系が勝利をおさめ、エドワードが王となる。ウォリック伯がエドワードを捕虜とするも、弟リチャードと難を逃れて、(ヘンリー 6 世の) 妃マーガレットの息子・皇太子エドワードを殺害する。リチャードはロンドン塔でヘンリー 6 世をかたづけて、さらに『リチャード 3 世』においていっそう凶悪の度合を増していく。

『ヘンリー 4 世 第 1・2 部』(1596–97) は 1600 年に部分的に欠如した形で出版されたが、1623 年版では完全版として印刷さ

れた。パーシー一族の反乱とともに幕を開ける『第 1 部』は、パーシーの息子ホットスパーがハル王子に殺されて終わりを告げる。『第 2 部』では、ノーサンバランド伯とヨーク大司教がヘンリー 4 世に反乱を起こし、ジョン王子の率いる軍隊とゴールトリーの森で会戦(ヘンリーはその日体調がすぐれなかったので)、和平を結び、発言の機会を約束されるが、その後処刑される。病に臥せっていたヘンリー王は、ノーサンバランドの死の一報を聞くと、さらに病状が悪化、息子の王子ハルに語りかけた後に逝去する。ハルが王冠を戴き、ヘンリー 5 世となる。

> 《登場人物表》
>
> アメリカ人イグナチウス・ドネリー (1835–1901) は常軌を逸している(プリンス・オヴ・クラックポット)と弾劾された人物だが、『ヘンリー 4 世 第 1・2 部』にフランシス・ベーコンがシェイクスピアの芝居を書いたとする証拠を見つけたと確信していた。それは「長く連続した叙述部分に、決まって同じ数字からはじまっている、あらかじめ決められた数学的な暗号がひそんでいる」という。解読すると、ほぼ「私、フランシス・ベーコンがこの芝居を書いた」と読めたのだという。さすがは、イグナチウスの名に恥じない功績!

1595年	1599年	1601年
イングランドでサー・フィリップ・シドニーが『詩の弁護』を出版する。	レルマ公爵がスペインに銅貨鋳造を導入する。	イギリスの探検家ジョン・スミスはトランシルヴァニアのシギスムンド・バートリとともにトルコ人と戦ったが、捕えられ、奴隷に売られる。

1593年から1613年にかけて
歴史劇――第2部
『リチャード2世』、『ジョン王』、『ヘンリー5世』、『ヘンリー8世』

リチャード2世に扮したデレク・ジャコビが自分の地位の高さを強調しようと階段を利用している

『リチャード2世』がはじめて出版されたのは1597年のクォート一版だった。主たる材源はホリンシェッドで、ロード・チェンバレンズ・メンによって初演された。ボリングブルックがノーフォーク公トマス・モーブレーを大逆罪で訴える場面にはじまる。リチャードはその両名とも追放に処し、それからボリングブルックの父親にあたるジョン・オヴ・ゴーントを訪問する。ゴーントは王に成長してほしい旨の、また時をむだに過ごさず、愚か者とつきあわないようにとの忠告を与える。そこでリチャードはゴーントが死ぬのを待って（また都合よく死んでくれるのだが）、その所領を没収する。王の行為に憮然とした貴族たちは王が不在の間に結集、ボリングブルックの味方について、結局彼がヘンリー4世として王位に就く。リチャードは投獄され、あっけなく殺される。

『ジョン王』(1596–97)は少し前に出版された作者不詳の芝居『イングランドの王ジョンの乱世』に基づいており、13世紀が背景となっている。フランス王フィリップはジョンの甥アーサーと手を組んで、ジョンの王権を拒絶する。そこでジョンは私生児フィリップ・フォークンブリッジ（ロバートの異父兄だそうだが、個人的に知っているわけではない）と一緒にフランスを侵略、アーサーを殺害する。この事態に激怒したイギリスの貴族はフランスの側に立つ（このような友人たちと一緒だったら、世の中は敵だらけだろう）。だ

1608 年
ハンス・リッペルスハイが屈折望遠鏡を発明する。

1610 年
ベン・ジョンソンの『錬金術師』が上演される。プロローグで「運命の女神はあほうをかわいがる」との言及がある。

1613 年
イングランドがイングランド・スコットランド出身のプロテスタントの移住者に3千エーカーまでの「農園」を約束して、ロンドンデリーがアルスターに市制施行される。

「スコーガンの頭をたたき割るのを見たよ」
『ヘンリー4世 第2部』第3幕第2場

《登場人物表》

『リチャード2世』はシェイクスピアの最初の悲劇であるといわれる。それはリチャードの性格を王であると同時に人間として分析しているからだ。彼は意志薄弱な人間で、悪い忠告に耳を貸し、しかも悪い決断をくだしてしまうのだが、もし国王でなく作家になっていたら、ずっとうまくやっていけただろうに。

《劇場崩壊》

『ヘンリー8世』は不吉なスタートを切ってしまった。1613年6月29日、初演の最中に、国王の登場を知らせるべく発射された大砲が、代わりに劇場の退場を知らせることになった。大砲の火がわらぶき屋根に引火し、ものの1時間で劇場は灰燼に帰した。しかしながら死者は1名だけだった——その哀れな人物はズボンに火がついてしまったのだという。

が、フォークンブリッジの軍勢がフランス軍を撃退、イギリス貴族もフランス人を見捨てる。最後に王は僧侶によって毒殺され、全員が喝采する。中心人物はフォークンブリッジで、私生児であるにもかかわらず（いや、それゆえにこそ）英雄的精神の鑑となっている。

『ヘンリー5世』(1599)はシェイクスピアの9番目の歴史劇だが、この頃までに彼はやや歴史劇に飽きてきていたのかもしれない。ヘンリーはエドワード3世の直系の子孫であることを主張して、フランスの王位をつかもうとする。筋を通さないフランス人は異なる見方をとったため、ヘンリーはフランスに侵攻する。アジンコートの戦いに勝利をおさめたヘンリーは、フランス王女キャサリンと結婚、フランス国王シャルルにみずからをフランスの王位継承者として認めさせる。

シェイクスピア最後の芝居『ヘンリー8世』(1613)はおそらくジョン・フレッチャー(1579–1625)との合作になると考えられている。ヘンリーはアン・ブリンと結婚、2人の間の娘エリザベスはほかの誰よりもイングランドをうまく統治するだろう、とカンタベリー大司教クランマーが予言する。

1590 年
パリがカトリック同盟に包囲され、飢えと栄養失調をもたらし、市民1万3千名の命を奪う。スペイン大使は死者の骨を砕いて、粉にしろと命じた

1591 年
『ジョン王の乱世』が匿名で出版される。5年後にシェイクスピアは自作『ジョン王』を執筆する。

1593 年
インド南部ハイデラバードのムシ川に23のアーチをもつプラナー・プル橋が建設される。

1590 年から 1601 年にかけて

変装、策略、ちょっとばかり異性装

軽妙な喜劇の機知合戦

シェイクスピアが喜劇で最初に名を上げたのは、そもそも喜劇作家として天賦の際に恵まれていたからだ、と論じたのはかのジョンソン博士 (1709–84) である。深刻な内容の作品にすら喜劇的な登場人物が含まれている。ポローニアスのいないハムレット、フォールスタッフのいないハル、門番のいないマクベスが想像できるだろうか。初期の喜劇は当時にあってさえ異彩を放っていた。ほかの喜劇が「人物類型」を風刺したものであったのにたいして、ウィルの軽妙洒脱な喜劇は、観客が登場人物を笑うのと同時に、彼らといっしょになって笑う点に特色があった。そして最後は和解をもたらす結婚でしめくくられるのが常だった。

シャイロック役の役者は決まってこういう衣装とメーキャップだが、諸悪の根源がどこにあるかほぼわかろうというもの

『十二夜』(1600–01) はおそらく最高傑作といえるだろう。『ヴェニスの商人』(1596) はもっとも難しい作品だ――「シャイロック」問題のせいで、みな頭がこんがらかってしまう。『間違いの喜劇』(1590–93)、『じゃじゃ馬ならし』(1592–93)、『ウィンザーの陽気な女房たち』(1597) は、ローマの喜劇作家テレンティウス（紀元前 195 頃 –159）やプラウトゥス（紀元前 251 頃 –184）に直接の源泉をもつ、一番「古典的」な作風である。これらは人違いをテーマとする中流階級向けの笑劇で、このタイプは今日でも人気が高い。だがこの種の要素は、『恋の骨折り損』(1593)、『十二夜』や『空騒ぎ』(1598–99) に見られる「欺瞞」の要

《大向こうのゴシップ》

『ウィンザーの陽気な女房たち』で、フォールスタッフはフォード夫人の「気のある素振り」について触れている（第1幕第3場）。これは本来、酒を飲む際に器から小指を離してゆすぶるしぐさのことである。不幸なことに、このジェスチャーは売春婦が目をつけた男性に「ひとつどう？」と誘いをかけるのによくやる合図であった。今日の裕福な淑女方には、お茶を召し上がるときなど、ひとつ気にとめておいてもらいたい点である！

素ほどには、喜劇的な意味でこくがあるとはいえない。『空騒ぎ』など、あまりに深刻な劇的場面を含みもっているため、『ヴェニスの商人』と同様に、そもそもこれが喜劇なのかどうかという疑念を投げかける人もいて、この両作にかぎっては

1594年
女王エリザベス1世はトルコのサルタンにトマス・ダラスの制作したオルガンを献呈する。

1598年
アメリカ南西部のプエブロ・インディアンの地域が400人のスペイン人によって植民地にされる。彼らの家族は7千頭の家畜を載せた80台以上の馬車で到着した。

1601年
ベン・ジョンソンの喜劇『十人十色』が初演される。

《生命のフォールスタッフ》

シェイクスピアと同輩劇作家——とくにジョンソンやモリエールといった新古典主義者たち——の喜劇に見られる基本的な差異のひとつは、一方が知性や批判精神に訴えかけるのにたいして、シェイクスピア喜劇が情緒的で、幻想的、かついっそう人間的な点である。たとえば、彼の創りだしたフォールスタッフを見るがいい。だらしのない老いた好色漢であるにせよ、機知に富み、想像力にあふれ、なかんずく生命力で一杯ではないか。

バーにお出まし、フォールスタッフとロビン

「問題劇」(74ページ参照) の範疇に入れるべきだとする議論には説得力がある気もする。『十二夜』、『お気に召すまま』(1599–1600)、最初の恋愛喜劇『ヴェローナの2紳士』(1592–93) などに見られる「策略」という仕掛け、および変装の段取り (とくに女性が少年に扮するという) は、元をただすと16世紀にイングランドを訪れたイタリアの即興劇団「コメディア・デラルテ」の芝居に由来している。シェイクスピアはイタリアの劇作家アリオスト (1474–1533) による『取り違え』に出てくる策略の物語を『じゃじゃ馬ならし』の脇筋に利用した。しかし「変装」は宮廷人のお気に入りの遊びでもあった。彼らが夢中になって参加したパジェントや仮面劇の一部に、仮装が組み込まれることが多かったのである。なにものかの扮装をするという行為は、匿名性に守られてある程度の恋愛遊戯を保証してくれるためにたいへん人気があった。学者ジョン・ドーヴァー・ウィルソン (1881–1969) は「仮面をつけて、口説いたり口説かれたりは当時もっとも流行した娯楽だった」と述べている。これは今日でもさかんにおこなわれている快楽のありようではある。ただし、裁判官や政治家や警察官僚によって保護された秘密クラブなどでなされるのが普通ではあるけれども……。

1952年、フェニックス劇場の『空騒ぎ』におけるジョン・ギールグッドとダイアン・ウィニヤード

1601年
トマス・ミドルトンは『警吏ブラート』を執筆する。

1602年
スペインの商船が日本に到着する。

1603年
インド北部パンジャブ州アムリッツァーにシーク教の黄金寺が建設される。銅製のドームをもち、壁や丸天井が金箔で被われた大寺院だった。

1601年から1604年にかけて

問題劇
あるいは、不機嫌なシェイクスピア氏

『トロイラスとクレシダ』(1601–02)、『終わりよければすべてよし』(1602–03)、『尺には尺を』(1604) はシェイクスピアが喜劇へ回帰したことを表す諸作品だが、とはいえずいぶんと種類の異なる喜劇となった。その理由については憶測の域を出ないが、ともあれそこには辛らつで冷笑的な感情がせりふにこもっている。シェイクスピアが喜劇のジャンルで実験をおこなったものか(「暗い喜劇」という呼ばれ方をすることもある)、ベン・ジョンソン流の喜劇の影響を受けたものか、あるいはその両方であったのかもしれない。それとも、ただのいい人であることはもうやめた、というケースかもしれない。

『トロイラスとクレシダ』は世の学者たちを悩ませてきた芝居だ。それというのも、この作品がいつどこでどうやって初演されたのか、はっきりしないからだ。あ〜、人生にはいかに謎の多いこ

1996年の『トロイラスとクレシダ』RSC公演では、役者たちが占有するスペースを少なくするための巧妙な方法が発見された

1993年の『終わりよければすべてよし』のRSC公演

とよ! トロイラスとクレシダは恋に落ちる、が、彼女は冷淡な態度を示して、結局は別の男性の愛人となる。トロイラスはその男性を殺してやる、と誓うのだが、それは実現しない——と、まあ、こんなところである。この芝居を喜劇とみなす人は、シェイクスピアが戦場の英雄を非難して、傲慢なだけの弱弱しい人間として描いていると見るだろう。クレシダはエリザベス朝の人々には移り気な娼婦以上の存在ではなかったから、「ロマンティックな恋愛」の概念自体がここでは丸裸にされているといえる。

『終わりよければすべてよし』は14世紀のボッカチオの『デカメロン』にもとづいていて、バートラムを愛する孤児のヘレナをめぐる物語。彼

1603年
イギリスのヒュー・プラットが空気抜きで熱することで石炭からコークスを作る。金属の精錬に理想的な純粋な炭素を供給できるようになる。

1603年
徳川幕府が江戸（東京）に開かれる。

1604年
イタリアの画家カラヴァッジョが『キリスト降架』を描く。

は結婚に同意するが、フランスに向けて旅立ってしまう。そしてもし彼女に次のふたつのことができれば自分の妻にしてあげると約束する手紙を送る。それは彼の指から指輪を手に入れ、その子を身ごもること──彼がフランスにいるというのに！──という難題だった。ちょっとした秘策を用いて（どうやってそんなことが可能になるのかは芝居を見て納得してほしい）、2人は結ばれる。ただし、なんとも人気の乏しい芝居だった。残されている最初の上演記録は1741年のことで、多少なりとも耳目を集めるようになったのは20世紀に入ってからだった。

『尺には尺を』は売春宿から修道院へとめまぐるしく舞台を転換しながら、いっそう性にまつわる内容となっている。その主題の不快さと、プロットとテーマの複雑さのせいで、シェイクスピア愛好家の間でも、論議の的にされてきた。芝居の

《パンダってあなた、こんなことを》

トロイラスとクレシダの物語はエリザベス朝の人々にはすでに周知のものだった。英詩の父チョーサーの長編詩の力もあっただろう。そんなこんなでシェイクスピアの芝居が舞台にかけられた頃には、「忠実な恋人」のことをトロイラスと、「不実な女性」のことをクレシダと言及するのは常識になっていた。パンダラスの人物像も同様に親しいものになっていた──売春の斡旋業者として。

『尺には尺を』でアンジェロの提案した取引に納得のいかないイザベラ

基調は、表題の示唆するとおり、「尺」という発想（中庸であること）が健全なライフスタイルと同一視される点において、沈うつかつ道徳的である。またシェイクスピアの芝居の中で、まるで奇想天外なイメージを喚起するせりふが多い点でも珍しい部類に入る。たとえば、「放縦の徒が裁判官の鼻をもぎ取る」（第1幕第3場）とか、「法律の鼻にかみつく」（法をあざ笑う、の意、第3幕第1場）など。あるいは、ルーシオがクローディオに言うごとく、「おまえの首はいかにも危なっかしいわけさ、恋をした乳しぼり娘のため息ひとつで肩の上から吹きとばされるくらいにな」（第1幕第2場）。しかし喜劇であることはまぎれもなく、部分的には相当わいせつですらある。アンジェロはウィーン中の売春宿を撤廃させる厳命を下し、一方では許婚を妊娠させたかどでクローディオに死刑を言いわたす。クローディオの妹イザベラが兄の助命嘆願にアンジェロのもとを訪れると、アンジェロは自分に体をゆだねればクローディオを放免してやろう、と彼女にもちかけるのである！　首尾よくいったと思う？

《大向こうのゴシップ》

『トロイラスとクレシダ』の中で一番不幸な名前の持ち主はエイジャックスだ。その名前には、「便所」という意味の駄洒落がこめられている。「理由なくふさぎの虫にとりつかれ」、「魔女の便所」、「内臓のない人間」（不人情な人、の意）と悪口をいわれる始末。これは大笑いをまきおこしたにちがいない。サー・ジョン・ハリントンは1596年に出版された著書『エイジャックスの変貌』で水洗便所の導入を提案したが、この本のおかげでハリントンは宮廷を追放されてしまった。

シェイクスピアの世界　75

1606年	1607年	1609年
カナダのポート・ロイヤルでの『ヌーベル・フランスの海神ネプトゥヌスの劇』は新世界で最初に上演された芝居のひとつとなる。	イギリスの劇作家ボーモントとフレッチャーは『輝けるすりこぎの騎士』を執筆、今後共作することになる50編もの喜劇・悲劇の第1作となる。	イギリスの探検家ヘンリー・ハドソンはニューヨーク湾に到着、川を上るが、現在その川は彼の名前を冠している。

1606年から1611年にかけて

晩年の劇
ウィルはおなじみの柔和な表情に

　4つの最後の劇――『ペリクリーズ』、『シンベリン』、『冬物語』、『テンペスト』（62ページ参照）は、シェイクスピア最晩年の仕事で、彼が妻の待つストラットフォードに引っこんで、ばらを剪定する日々へと隠棲を決めこむ直前に書かれている。これらの諸作品は「ロマンス」劇と呼ばれることがあるが、悲劇でも喜劇でもなく、しかしその両方の要素をあわせもっていることから、そう分類されるのである。といって「悲喜劇」とも異なっている――なぜなら、悲喜劇には悲劇と喜劇の要素が等しく含まれるのが普通だからである。演劇学者アルフレッド・ハーベッジによると、晩年の劇は「悲劇的な資質」の備わった喜劇なのである。（かつて筆者は「かわいそうな人」とある人にいわれたことがあるが、それは「悲劇的な人」というのと同じ意味ではなかった……はずだ）。

　晩年の劇には邪悪な力が存在するが、悪が勝利をおさめることはどのような形においてもない。旧世代の犯した罪は、輝く若者の希望の光によって一掃される。若返りと新生が、ときおり魔術の彩りをくわえながらも、くりかえされるテーマとなるのだ。シェイクスピアがこれまでの芝居から学んだテクニックは、登場人物の行為が選択の結果としてなされるというよりも、むしろやむにやまれぬ欲望や偶然や天の配剤によって決定されるような世界を創造するために用いられている。そこには多くの死の場面、行方不明＝死んだと思われるという仕組み、また内輪の話にとどめておきたいような、ちょっとした近親相姦が出てくる。『ペリクリーズ』(1606–08)では、ツロの領主ペリクリーズがアンタイオカス王とその娘の近親相姦をほのめかす謎を解いたがために命の危険を感じとり、逃走する。彼の結婚した妻は産褥で死亡。2人の間の娘マリーナは美しく成長するも、タルソの王妃が嫉妬に狂って娘の処刑を命じる。

1997年のRSC公演で、イモジェンの結婚指輪を目ざとく見つけるシンベリン

1609年	1610年		1610年	
ポルトガルがオランダからセイロン（スリランカ）を奪い取る。	ガリレオが銀河や木星の衛星を観測し『星界の報告』を出版する。		オランダの東インド会社が「株式」の概念を導入する。	

《ポステュマスの愛》

晩年の劇には、劇中を一貫して流れるイメージが、以前の芝居に比べてやや乏しい嫌いがある。そのせいか、シェイクスピアが真の作者ではない、と主張する狂信的な輩が出てくる始末だ。とはいえ、そこにはもっとも美しいモチーフが含まれているのも事実だ。そのひとつが、良心の呵責のテーマである。『シンベリン』において、イモジェンがポステュマスの体を抱きしめて許しを与えると、彼は「果実のようにそこにいてほしい、わが魂よ、この木が枯れるまで」とつぶやくのである。

赤ちゃんのマリーナを抱いて、引越しするペリクリーズ

マリーナは海賊の捕虜となって、売春宿に売られる。最後にペリクリーズとマリーナは再会をはたし、死んだはずの妻も魔法さながらダイアナの神殿に姿を現すのだ！

『冬物語』で、生きかえるハーマイオーニ。ゾファニー画（1780）

『シンベリン』（1609–10）は古代ブリテンの伝説の王、シンベリンの物語。王は娘イモジェンの秘密の夫ポステュマスを追放する。あとは策略と変装が入り乱れ、あげくのはてローマとの戦いまで起きる始末。しかし結局はすべて丸くおさまるという筋。当時から人気のある芝居ではなかったが、以後も上演の機会は少ない。

『冬物語』（1611）は、人生の皮肉を多少とも感じないでもないが、ロバート・グリーンの散文物語『パンドスト、時の勝利』にもとづいている。妻ハーマイオーニが親友のポリクシニーズ王と密通しているのではないかという疑念にとらわれたレオンティーズ王の話。錯乱に陥った王は鬼神さながら、ハーマイオーニの生んだ女児が自分の子どもではないと信じこみ、妻と産まれたばかりの娘に死罪を命じる。しかし、じつはハーマイオーニも娘パーディタも死なずにすむ。嘆きと後悔の愁嘆場が演じられたあと、『時の勝利』という原題の示すごとくに、全員が再び結びあわされる幕切れを迎える。

《大向こうのゴシップ》

『ペリクリーズ』は1609年に間違いの多い版で出版されている。1623年の『ファースト・フォリオ』から除外された唯一の作品だ。最初の2幕までは誰かほかの劇作家の手になるもので、物語のおもしろさが劇聖の想像力をかきたてたため、後半の3幕から5幕までを引き継いで完成させたのではないか、と一般にいわれている。

1595 年
飢饉がオーストリアに社会不安と農民一揆をもたらすが、ウィーンでは価格こそ高騰したが食料は入手可能だった。

1601 年
イングランドではエリザベス女王が議会で有名な「黄金のスピーチ」をおこなう。

1603 年
ヨハン・バイエルの天体図「ウラノメトリア」は 12 の新しい南天の星座を描く。はじめて光度によるグループ分けがおこなわれる。

1592 年から 1609 年にかけて
長編詩と艶っぽいソネット
アイアンビック・ペンタミーターって、新しいコンピュータのこと？

アドーニスはイノシシに殺される

　数々の芝居を書いたばかりではなく、シェイクスピアは 154 編のソネットにくわえて、物語詩 2 編──『ヴィーナスとアドーニス』(1593)、『ルークリースの陵辱』(1594) ──、『恋人の嘆き』(『ソネット集』に付されて印刷されたライム・ロイヤルの詩形による詩) を執筆、さらに『不死鳥と山鳩』の筆もとったと目されている。出版業者トマス・ソープが最初に『ソネット集』を出版したのだが、これはおそらくシェイクスピアの意に反したものだったろう。ソネットの執筆年代に関してはさまざまな推測がなされてきたが、専門家による推定年代が 1592 年から 1606 年までと幅があるので、この問題についてあまり時間を費やすことは賢明ではないかもしれない。いっそう興味を引かれるのは、そこで語られる内容の方である。

　ソネットとはアイアンビック・ペンタミーター (弱強 5 歩格) の韻律で書かれた 14 行詩のこと。アイアンビック・ペンタミーターとは、各行に弱強、弱強、弱強、弱強、弱強という具合に、母音にアクセントをおいて 5 回繰り返されるリズムのことである。たとえば、「ソネット第 30 番」の最初の 2 行は次のとおりである。

「ルークリース、そなたを今宵こそわがものに。首を振らずば、力づくにでも」

《秘密のソネット》
　シェイクスピアがソネットにひときわ熱心だったのも、自分のキャリアのために堅実なパトロンを確保したがったのも、まったく無理からぬ話。1592 年から 93 年にはペストのせいで劇場が閉鎖されていたからだ (その年、人口 20 万人の都市で 1 万人の市民が死亡した)。これらの詩編が大衆の目に触れることは意図されていなかった可能性も高い。

1606 年	1607 年	1609 年
トマス・ミドルトンは『狂った世界だ、ご主人がた』を執筆する。	3番目のイギリスの東インド会社が3月にインド諸島に向けて出帆、クローヴその他の船荷は莫大な利益をもたらす。	ヨハネス・ケプラーは惑星運動に関する2つの法則を発表する。

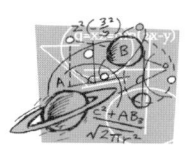

When to the sessions of sweet silent thought
I summon up remembrance of things past,

過ぎ去りし日の思い出を、甘美にして
静寂なる想念の法廷に呼びだすとき、

大きく声に出して読んでもらえばリズムのあることが明瞭になるだろう。シェイクスピア流のソネットの脚韻の踏み方は、abab、cdcd、efef、gg となる（アルファベットは各行の最後の語が韻を踏んでいることを表している）。

『ヴィーナスとアドーニス』はロマンティックな詩で、シェイクスピアの存命中には一番人気の高かった作品といえる——ひとえにそのわいせつさのゆえかもしれないが。オヴィディウスの『変身物語』に霊感を受けて、美しいが、ややおぼろげな2人の恋人の不運なロマンスが描かれる。『ルークリース』と同様、この詩はシェイクスピアのパトロンだったサウサンプトン伯ヘンリー・ライアズリーに捧げられている。この若い貴族こそソネットの大半で主人公ではないかと推測されている人物である。『ルークリースの陵辱』はより陰惨な事件を扱ったもの。自分の妻の美徳を誇りあうという競争に間抜けな亭主コラタインが勝ったあとで、王子タークィンはコラタインの妻ルークリースを陵辱する。彼女は自殺し、タークィンとその家族は永久にローマを追放される。

《愛と情欲》

シェイクスピアは愛と情欲の違いをめぐって、いつもはっきりと区別するような発言をする。『ヴィーナスとアドーニス』の第133連では、次のとおりである。「愛の優しい春はつねに清新さをたもつが、／情欲の冬は夏の日が終わる前にやって来る。／愛は満たされることがないが、情欲は大食漢のように死ぬ。／愛はすべてが真実、情欲は捏造された嘘で一杯だ」。恐れ入谷の鬼子母神！

『ソネット集』に登場する青年の想像上の肖像画

《大向こうのゴシップ》

『恋する巡礼』と題して20編の詩をおさめた詩集が「シェイクスピア著」として1599年に出版された。だが、出版業者のウィリアム・ジャガードがシェイクスピアの名前を許可なく使用したもので、すべてが彼の詩というわけではなかった。のちにシェイクスピアの求めに応じて、彼の名前は表題から削除されたのである。

シェイクスピアの世界　79

1596 年
サー・フランシス・ドレイクは西インド諸島遠征中、ノンブレ・デ・ディオスの町の近くで赤痢のために死去する。

1598 年
スペインの画家エル・グレコは『聖マルティヌスと乞食』を描く。

1601 年
エリザベス女王はかつての寵臣エセックス伯をアイルランド遠征に失敗したかどでとがめだて、最終的に裁判にかける。

1592 年から 1609 年にかけて

劇聖って、もしかして両刀遣い？
詩人とダーク・レイディと魅力的な男性

　シェイクスピアのソネットおよびいくつかの詩編は伝記作者たちを魅了してきた。というのも、ほとんどの詩が若い男性に向けて書かれ、残りを「ダーク・レイディ」に向けて書いているように読めるからだ。『ソネット集』においては、その両者にたいして「愛情」が表明されている点から、さまざまな批評家や作家──オスカー・ワイルドをはじめとして──が、シェイクスピアは a) 同性愛者、b) 両性愛者、c) 女たらし、d) そのすべて、であると示唆してきたものだ。彼の筆跡がたいそう震えているのも、それでわかろうというもの。

ダーク・レイディその人か？！エキゾチックで蠱惑的な雰囲気　メアリー・フィットン

　『ソネット集』の前半の 126 編は魅力的な若者を相手に書かれていて、W.H. なる人物に献呈されている。その中でシェイクスピアは青年にたいする愛情と賞賛の念を表しつつ、彼が結婚して子どもをもうけるよう勧めるのだ。残りのソネットの大部分は、黒い髪と眼の持ち主、かの悪名高き「ダーク・レイディ」を対象にして書かれている。これら人物のモデルがいったい誰だったのかについての確証はない。もっとも女性のほうは宮廷の女官だったメアリー・フィットンという、私生児を 3 人もうけた女性であったらしいと信じられている。1960 年代に、A. L. ラウスは宮廷楽師の娘エミーリア・レイニエが当の女性だと主張した。W.H. というイニシャルから若者のほうは、サウサンプトン伯でシェイクスピアの唯一のパトロンであったヘンリー・ライアズリーか、もしくはペンブルック伯ウィリアム・ハーバートであると思われる。とはいえ、ライアズリーの場合はイニシャルがもちろん反対 (H.W.) であるし、その点ではペンブルック伯はぴったりなのだ

この人こそ美青年か？ シェイクスピアのパトロンだったヘンリー・ライアズリー。

《大向こうのゴシップ》

　シェイクスピアが私生活で何をしていたかに関しては、多くの問いかけが答えのないままになる。てはじめに、彼は妻や子どもたちにロンドンで一緒に住むことを、いや、おそらくは訪ねて来ることさえも、認めなかったように見える。なぜだったのか？ きっと彼が住んでいた当時のロンドンがのちのどの時代にもまして腐敗した都であったからか。それとも単に独身者の気楽な生活を楽しみたかったからだろうか？

1603年
ビーバーの毛皮がカナダからフランスの港ラ・ロシェルにはじめて到着する。

1605年
カラヴァッジョの絵画『聖母の死』(トラヴェステレのサンタ・マリア・デラ・スカラ聖堂より委嘱された)が、品性に欠けるとの理由で拒絶される。脹らんだ体がまるで貧乏人のように見えるといわれた。

1607年
サー・トマス・スミスはヴァージニアのジェイムズタウンに北アメリカ初のイギリス入植地を成功させる。

が、ソネットが書かれた時点で彼はまだ14歳、いくらなんでも結婚には早すぎるか。(筆者の説では、よき家庭人だったシェイクスピアは、自分の「妻(ワイフ)ハサウェイ」(=W.H.)に献呈したのではないかと思うのだが、残念ながらこれを支持する証拠はかけらすら存在しないのである)。

『ソネット集』から少し抜粋してみると、現在考究中の問題の所在がわかってくるかもしれない。「ソネット第17番」では、詩人は若者に向かってこう書いている──「もしわたしがきみの目の美しさを称え、／きみの美点の数々を詩に謳いあげたなら」。「ソネット第127

《登場人物表》
シェイクスピアはソネットの出版については責任を負っていなかった。なんらかの手段によって、自筆原稿を入手できる立場にいたトマス・ソープがうまく所有することになったのであろう。著作権法などのない時代だったから、ひとたび原稿を確保してしまえば、すきなことができたのである。彼はジョージ・エルドに印刷を依頼して、書籍販売商ジョン・ライトとウィリアム・アスプレイに「5ペンス」で売るよう頼んだのである。

番」になると、「ダーク・レイディ」のことを、「かつて黒い色は美しいとは認められなかった／そうだとしても、美女の名前をもつことはなかった／しかしいまや黒は美の家の相続人となった／(中略)ゆえにわが愛する人の眼はカラスのごとき黒色」と描写している。「ソネット第130番」では、「雪が白であるなら、彼女の乳房は灰褐色／髪が針金なら、黒い針金が彼女の頭には生えている」とつけたすのである。

《シリー・ウィリー》
シェイクスピアがほんとうにソネトを書いたとする証拠は「第135番」、「第136番」、「第143番」にあるという人がいる。鍵は「ウィル」という語だ。「第135番」では、ところにより「ウィル」のWは大文字で書かれ、「わたしの名前はウィルだから」と「第136番」は終わっている。この点とひどいスペリングを考えると、本人に間違いない！

恋に落ちたシェイクスピア？ オスカーを受賞したジョン・マッデン監督作品で劇聖を演じるジョウゼフ・ファインズ

シェイクスピアの世界

1586年	1587年	1589年
ヨークでマーガレット・クリゼロウがカトリックの司祭たちをかくまったとして圧死させられる。	サー・フランシス・ドレイクはスペインの宝船「サン・フェリペ」号を拿捕、金塊、絹、香料、中国磁器、真珠、宝石を奪取する。	イギリスの牧師ウィリアム・リーは最初の編み機を発明する。エリザベス女王が靴下編み機に特許を認めなかったため、彼はフランスのルーアンで紡織機械を組み立てる。

1550年から1642年にかけて
ピューリタンが来たぞ……暗い顔つきをしろ！
演技、笑い、人生を非難する倫理観

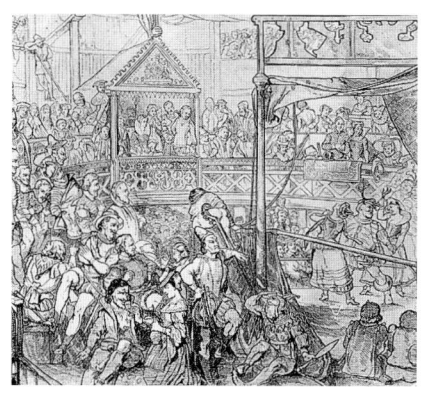

シェイクスピアの生きた時代のロンドンには演劇や芸能に対抗する勢力が概して2種類あった。罪深き悪徳の都の住人たちに「信心深き修養」を積ませようと生涯をささげるプロテスタントの十字軍戦士ピューリタンたち、「シティで働く徒弟や召使が仕事をサボる」からといって演劇を非難するロンドン議会の参事会員たちであった。1597年に、枢密院の支持を取りつけた参事会員たちは「舞台劇の最終的な弾圧」を請願した。劇団は王侯貴顕の後見を受けることによってのみ存続を許された。ある種の「鑑札」が共同体の安寧を保つために必要とされたということだった。のちにシェイクスピアは『十二夜』の中で、こう宣言している──「天下御免のあほうの語る悪口には誹謗中傷は含まれていない」（第1幕第5場）。

上演中のエリザベス朝演劇──ピューリタンが観客を追い払う前

演劇への対抗勢力はすでに劇場をシティの壁の外側へと追放していた。しかし、「悪徳」は蔓延、「まねごと」の罪はいたるところにはびこっていったのである！　この件に関してピューリタンが示した反感の炎にはもちろん嫉妬心という油が注がれていた。演劇は人気があり、劇場はいつも満杯だった。しかるに教会はといえば、そのいずれでもなかった。幸運なことに

《安かろう悪かろう》

1632年、シェイクスピアを称えて戯曲全集のセカンド・フォリオ版が出版されたとき、ピューリタンたちは不平の声をあげた──「シェイクスピアの芝居はほとんどの聖書よりも上等の、王冠の透かし彫りの入った最上の用紙で印刷されている」。1631年から33年にかけて、4万部の劇の台本が購入されたとの記録がある。たしかに説教の印刷物にこれほどの需要があったとは思えないね。

エリザベス女王はこうした狂信者たちの声には耳を貸さず、演劇に国王の同意を与えた（そうでなければ、シェイクスピアは芝居を1編たりとて上演できなかったことだろう）。

1602年までに、ピューリタンと参事会員からなりたつロンドン市議会は、「議院、ギルドホール（ロンドン市庁舎）、議事堂、裁判所において、今後どのような芝居も間狂言も上演を

1592年
クリストファー・マーロウの『フォースタス博士の悲劇』が初演される。悪魔に魂を売った男の物語。

1620年
ピューリタンの一団がメイフラワー号でマサチューセッツに渡航し、規律の厳格な宗教的共同体を築く。

1638年
島原の乱が起こり、日本からキリスト教が一掃される。

禁ず」との決定をくだした。官吏がもし上演許可を与えた場合には10シリングの罰金（儲かっている商人の1週間分の給料に相当）が科された。

1612年までにこの罰金は10ポンドに増額されたほどだった！ とはいえ、娯楽を求める声はかつてないほどに高まって、国中で芝居の上演が競うようにおこなわれた。しかし結局、ピューリタンは優勢を占めて、1622年にはシェイクスピアの劇団だったキングズ・メンですら、イングランド中部地方において芝居の上演をしないようにと6シリングを支払われていた事実がある。後年、公衆劇場が減るにつれて、彼らはもっぱらブラックフライアーズ座とホワイトホール宮殿だけで上演するようになっていった。チャールズ1世時代の演劇は愚劣な王妃ヘンリエッタとその女官たちを喜ばすために二流の作家が書いた「王党派」演劇へと堕してしまい、結果として貴族のお慰みの域を出ないものとなった。1642年に、議会は「公の芝居の上演を禁ずる、以後慎むように」との命令を布告し、劇場は18年の長きにわたって閉鎖された（その頃までにイングランドの演劇はもう息の根を止められていたのだけれども）。

> 《大向こうのゴシップ》
>
> ピューリタンにとって、「よそおう」ことより悪いのは、「物語る」という憎むべき罪障だった。スティーヴン・ゴッソンは、真剣に次のような警告を与えたのである──「芝居は悪魔の創造物、偶像崇拝の貢物、邪悪の温床」。そして、俳優とは「悪の主人、不道徳の教師」（おそらくこのことばが自分の受けた最上の劇評となる役者もいることだろうが）。

闘鶏場のチャールズ1世。どちらか一方の鶏に金を賭けたかどうかは定かではない。賭けてないといいのだけれども──どう見ても運のよさそうな顔つきではないから

宿屋の中庭で上演された『お気に召すまま』。ジョウゼフ・スウェインの版画より

シェイクスピアの世界 83

1660 年
イギリスで、はじめて紅茶——この頃までに薬効のある飲料として人気を呼んでいた——が税金のかかる対象となる。

1664 年
フランスの画家ニコラ・プーサンは 70 歳を超えて、『アポロとダフネ』を完成させる。

1666 年
道路の使用にたいして料金をとる、初の有料道路法がイギリスの議会で承認される。

1660 年から 1685 年にかけて
連中が町に帰ってきた！
あの出し物をもう一度やろうぜ

ホワイトホール宮殿に復帰したチャールズ 2 世

1646 年、チャールズ 1 世と議会との間の溝が深まり、内乱が勃発して 4 年目のこと、グローブ座は共同住宅建設に道をゆずるために取り壊された。1660 年、チャールズ 2 世が王位を回復すると、王の認可を受けて、演劇界はふたたび活気を取り戻した。その空白期間にも芝居の上演が内密におこなわれることはあったのだけれども、1632 年以来ウィルの芝居の出版は途絶えていた。彼はほぼ忘れられた存在になりつつあった。（記憶力が貧しかったばかりでなくて、寿命も短かった時代のことだから）。数百にもおよぶシェイクスピアの執筆した、あるいは署名の入った自筆の原稿が大体失われてしまったのである。

チャールズ 2 世はキングズ・カンパニー（のちにドゥルリー・レイン劇場となるシアター・ロイヤル）とデューク・オヴ・ヨークズ・カンパニー（ソールズベリー・コート劇場）という 2 つの新しい劇団に勅許を与えた。これはロンドンで演劇を独占的に上演できる権利であった。この制度はなんと 183 年も続いたのだ！ これらの劇団では、ネル・グウィン (1650–87)、アン・ブレイスガードル（1673 頃–1748）、エリザベス・バリー (1658–1713) といった女優が雇用された。デュークズ・カンパニーの支配人となったサー・ウィリアム・ダヴェナント (1606–68) は子どもの頃にシェイクスピアの知己をえていた（ダヴェナントはシェイクスピアの私生児である、ともっぱらのうわさだった）。

というわけで、彼はシェイクスピアの正典を舞台に復活させるのに大いに尽力し

容姿も名前も素敵なアン・ブレイスガードル

《女性の役》

シェイクスピアの芝居は女優を参加させるために大幅に書き直されたのである。ネイハム・テイト (1652–1715) は多くの芝居を翻案したが、たとえば『リア王』ではエドガーがコーディリアと恋に落ちる段取りにした（そのわりに 2 人がたがいに語り合う場面はないのだが！）。最初の場面で父親の願いにたいしてコーディリアが冷淡に答える理由を、それで説明できると考えてのことだった。（シェイクスピアはその可能性をまったく見逃していたのかも）。

1667 年
ロンドンのロイヤル・ソサエティで化学者ロバート・ボイルが犬を使って人工呼吸を立証する。

1670 年
トマス・ウィリスというイギリス人医師が糖尿病の患者の尿が甘くなるという症例を明かす。

1684 年
オランダの仕立て屋が一度に何回も指を突き刺したことから、初の指ぬきを考案する。

た。また子飼いの役者の 1 人トマス・ベタートン（1635 頃 –1710）がシェイクスピア悲劇を演じて当代随一の役者となるようにみっちりと仕込んだのである。

移動式の舞台背景や色彩を施した舞台袖を考案したのもダヴェナントだった。以前は、シェイクスピアの芝居は衣装こそ豪奢をきわめていたが、舞台のほうは大道具や舞台装置はほとんどないのが通例だった。道具立てを重視するダヴェナントの手法は、いまやシェイクスピア作品の鑑賞の仕方まで変えてしまったのである。

演劇は生き残っていくためにいっそう「上流」志向となり、シェイクスピア劇もそのような変化をこうむっていった。芝居の常連の雰囲気も同様に変わった。国王にしてからが観劇を愛好した——ロンドンに居住する間は日をおかず劇場に通

《ブーたれライマー》
イギリス最初の演劇評論家トマス・ライマー（1641–1713）はそのキャリアを1674 年にはじめている。しかし、1693 年の『悲劇瞥見』まで、シェイクスピアを批評の対象とはしていない。明らかにシェイクスピアを高く評価していなかったことだけは間違いないところ。なかでもオセローの「巨大な日食と月食」とかするするせりふ（第 5 幕第 2 場）などに不満をぶちまけているくらいだから。ブーいうまでもない相だった、ということか。

《大向こうのゴシップ》
女優がイギリスの舞台に登場したのと同時期に、ポルノグラフィーも生まれている。男性にとっては二重のボーナスだった。日記作者サミュエル・ピープス (1633–1703) はなんたることか、ある女優について「わたしがかつて見た最高の足の持ち主、大満足であった」と書いている。舞台上で女優の肉体を鑑賞し、『娘の学校』(*L'eschollle des Filles*) なるわいせつ本を購入、読んでお楽しみのあと、焼却している！

った（ネル・グウィンは国王の愛人となることで、立身出世をなしとげた最初の——決して最後ではないと思うが——演劇人となった）。シェイクスピア学者ゲイリー・テイラーが述べたように、「1642 年以前は、劇団のほうが君主の元に出かけていったのにたいして、1660 年以降は、君主が芝居を見に行くようになったのである」。

ほかに短い芝居（4 幕を超えない長さの芝居）、オペラ、メロドラマ、パントマイム、コンサートの公演を許可された「小規模」の劇場が存在した。それゆえシェイクスピアの作品もしばしば簡略版が作られたりオペラ化されたりした。ジョン・ドライデン（1631–1700）は『すべて恋ゆえに』を 1678 年に執筆したが、これは『アントニーとクレオパトラ』を凝縮した版だった。さらに、信じがたいことだが、『マクベス』や『テンペスト』がミュージカルに作り直され、大成功をおさめているのだ！ しだいにシェイクスピアの芝居は広く知られるようになり、勅許劇場における新しい「レパートリー」の概念の中に組みこまれていくようになったのである。

『アントニーとクレオパトラ』を演じるマーク・ライランスとポール・シェリー

シェイクスピアの世界

1689 年
ヘンリー・パーセルはイギリス最初のオペラ『ダイドーとイーニーアス』を作曲する。

1701 年
アメリカのデトロイトがフランス人探検家アントワーヌ・ド・キャデラックによって開拓される。

1714 年
イギリスの耕作地主ジェスロ・タルは馬力による条播機を発明し、『馬耨農法』を著す。

1685 年から 1750 年にかけて
身の毛もよだつ中流階級
ウィリアムとメアリーから偉大なるギャリックへ

　チャールズ 2 世は演劇を深く愛していた。1685 年の王の死とともに多くの分野が活力を失ったが、演劇芸術の衰退に関しても述べるにやぶさかではない。後継者のジェイムズ 2 世は何であれ成功とは縁のない人物だった。彼は国中をめちゃくちゃにして 1688 年の名誉革命を引きおこし、とりすまして唇をすぼめたプロテスタントの夫婦オレンジ公ウィリアムとメアリー（ジェイムズ 2 世の娘）に王位をゆずった。道徳主義者が戻ってきた──が、今度は異常に盛りあがってしまった！

《ハイランド風に》
　1726 年にドゥルリー・レイン劇場で上演された『マクベス』には、「本作にふさわしい歌、踊り、その他の装飾、たとえばサンダム氏の子どもたちによる木靴の踊り、コレッリのコンチェルト 8 番、ロジャー・ザ・ペイラー氏とブレント夫人によるラ・ペアレット」などがフィーチャーされている。

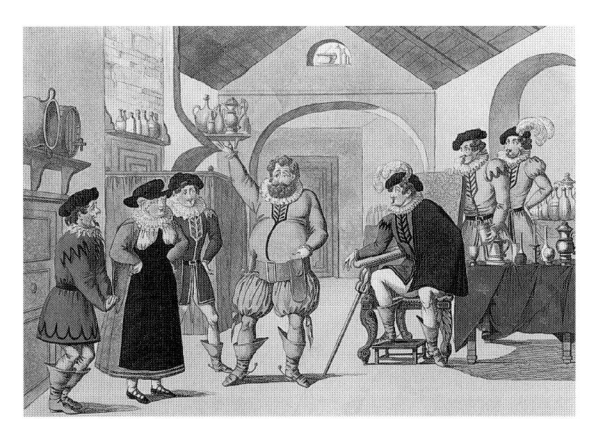

上演中の『ヘンリー 4 世』のマンガ。せりふの吹き出しがないけれども……

　王政復古期の最良の劇作家たちは死亡するか高齢であるかのどちらか。新しい血が流れこむのに時間がかかっていた。演劇をとりまく土壌は決して明るいものではなかった。牧師ジェレミー・コリアー (1650–1726) が著したパンフレット「イギリス演劇の不道徳さと冒瀆性」は 1698 年に 3 回も版を重ねた。小説家ダニエル・デフォー (1660–1731) はオックスフォードで観た『ヘンリー 4 世』の舞台に関して、「冒瀆的で、不道徳で、不敬な部分ばかり、（中略）宗教はからかわれ、教会は笑いものにされているではないか」と記している。役者たちにすれば、無人島に流されてほしいのは、ロビンソン・クルーソーよりも作者のほうだと願ったものだった。1698 年までに、劇場を閉鎖してはどうかという話題がふたたび出た。

　1693 年に、金貸し業者クリストファー・リッチ (?–1714) がダヴェナントの劇団を買収、即座に利潤の上がる軽い演芸をひいきにしてシェイクスピアを舞台から駆逐してしまった。ドゥルリー・レイン劇場では実入りを増やしたいとボックス席を増加して、舞台を奥に押しこんだため、音響を著しく悪化させた。演劇はシェイクスピア時代の親密さを失い、退屈で、中流階級的なものへと変質していった。1709 年、役者たちの

1732年
ベンジャミン・フランクリンは最初の『貧しいリチャードの暦』を発行、人気を博する。

1737年
デイヴィッド・ギャリックは師と仰ぐ辞書学者サミュエル・ジョンソンとロンドンへ向けて出立する。

1749年
ロンドンの高級家具職人トマス・チッペンデールが家具の製造工場を設立する。

不満がつのってドゥルリー・レイン劇場は閉鎖に追いこまれたが、翌1710年にコリー・シバーおよび2名の俳優兼支配人のもとで再開した。

18世紀初頭にはシェイクスピアの悲劇が人気を博していた。それはニコラス・ロウ (1674–1718) の悲劇をのぞいて上演に値するような作品が乏しかったことにもよる。しかしロウの喜劇は、ドライデン (1631–1700)、ヴァンブラ (1664–1726)、コングリーヴ (1670–1729)、ファーカー (1678–1707)、ゲイ (1685–1732)、シバー自身の喜劇によって食われてしまった。トマス・ベタートンが1710年に死去すると、その穴を埋めるだけの役者はギャリックが登場するまで現れなかった。シバーは喜劇役者として鳴らしたが、当代のほかの「スター」たちは大根役者に毛が生えた程度だった。

デイヴィッド・ギャリック (1717–79) は当時最高のシェイクスピア俳優だった。そして1747年以降はドゥルリー・レインの史上最高の劇場支配人でもあった。しかし、当時の例にもれず、劇聖の作品に手をくわえないではいられなかった。彼は『マクベス』に死に際のせりふを追加、『ハムレット』から墓掘りの役を削除(さらに最後の場面を書き直し)、1748年の『ロミオとジュリエット』の上演では、ジュリエットが目覚めて、65行にわたってロミオとおしゃべりするのである!

スプレンジャー・バリーとミス・ノシターの演じるロミオとジュリエット。どう見ても10代には見えないが!

リチャード3世を演じるデイヴィッド・ギャリック。ウィリアム・ホガースの版画 (1745)

《大向こうのゴシップ》

『オセロー』(ドゥルリー・レイン劇場1764年公演)にふさわしい幕切れにこれ以上のものはない!?主人公が妻を絞殺、自害したあとに、ホーンパイプの二重奏、「大工と果物屋」という題名の踊り、新しいエピローグ、その後に「魔女たち、またの名、ハーレクイン・チェロキー」が付け足されたのである。

シェイクスピアの世界 87

1754年	1755年	1756年
サンクト・ペテルブルクの冬の宮殿がイタリア生まれの建築家バルトロメオ・ラストレッリによって完成される。	8年間の労苦の末、辞書学者サミュエル・ジョンソンが『英語辞典』を刊行する。	イギリス人捕虜146名のうち123名が、「カルカッタの黒い穴」として知られることになる、狭小な地下牢に一晩閉じ込められて死亡する。

1750年から1900年にかけて
血の臭い、稲妻の閃光！
偉大な俳優と酔っ払いの手にかかるシェイクスピア

18世紀が進むにつれ、劇聖シェイクスピアにとって事情は好転した。国王の勅許により劇場の独占権を認可した1737年の検閲法は、コヴェント・ガーデンとドゥルリー・レインとヘイマーケットの3劇場だけに合法的な芝居の上演を限定して、その他の劇場をすべて非合法とした。しかし実情はといえば、このお触れはほぼ無視されて、興業は繁盛していった。もっとも、屋内にガス灯の照明が設置された、娯楽の体裁をとった種類の異なる演劇ではあった。シェイクスピアの作品にくわえられた暴虐な追加部分は結局のところ削除され、演劇界の運勢が上向くとともに才能ある俳優や製作者が輩出することになった。

「まだ血のにおいがする！」『マクベス』で夢遊病になるシドンズ夫人

この時期を通じて、シェイクスピアのせりふを「理想視」する傾向が生じてきて、このことが新たな劇聖崇拝熱をもたらすことにもつながった。偉大な天才のことばをいかに解釈すべきかをめぐって、2つの異なる見解をもつ演技の流派が誕生した。第1は、ジョン・フィリップ・ケンブル(1757–1823)と姉 セアラ・シドンズ(1755–1831)の採用した新古典主義的スタイルであった。19世紀への変わり目の頃に展開した第2の流派は、エドマンド・キーン(1787–1833)によるもので、いっそうリアルなアプローチを示した。

シドンズ夫人の演じる夢遊病のレイディ・マクベスは真にせまるあまり、批評家シェリダン・ノウルズ(1784–1862)に「血の臭いがした、たしかに血の臭いがした！」と言わしめたほどだった。ジョージ・フレデリック・クック(1756–1812)は18世紀後半のコヴェント・ガーデンの大スターで、ケンブルの唯一のライバルとみなされた男優。彼はリチャード3世、シャイロック、イアー

1800年にリチャード2世を演じたジョージ・クック。気もそぞろで話をちゃんと聞いていない？

1839年
イギリスの大障害競馬グランド・ナショナルがはじめて開催される。

1854年
この頃までにヨーロッパの鉄道線路は22,530キロ（14,000マイル）に達し、主要都市のほとんどを結んでいる。

1898年
ロシアの俳優・演出家コンスタンチン・スタニスラフスキーはモスクワ芸術座を旗揚げ、チェーホフの『かもめ』上演を成功させる。

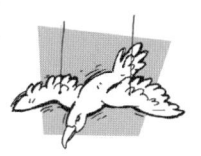

《登場人物表》

かつてコヴェント・ガーデンで鳴らした悲劇役者ジェイムズ・フェンル（1766–1816）はアメリカを訪れ、1792年にフィラデルフィアでオセローやイアーゴーといった主要な役を演じて大成功をおさめた。トマス・アブソープ・クーパー（1776–1849）はフィラデルフィアのチェスナット・ストリート劇場で最高のマクベス役者との評価をえた。1801年にニューヨークのパーク・ストリート劇場へと移り、5年後には経営陣にくわわった。

機略縦横のシャイロック。1814年にドゥルリー・レイン劇場でのエドマンド・キーン

ゴー、サー・ジャイルズ・オーヴァーリーチのような役を得意にしたが、過度の飲酒癖のせいでしくじることも多々あった。

キーンは舞台だけでなく寝室や酒場においても多大なエネルギーを浪費した鬼才だが（シドンズ夫人には「あの恐ろしい小男」と呼ばれたことがあった）、1814年、シャイロックを演じて衝撃のロンドン・デビューをはたしている。彼のキャリアは偉大そのものだが、その短い一生は飲酒と悲惨のうちに過ぎ、44歳のときに舞台で倒れてしまった。キーンは「低俗」から「高尚」へと瞬時の変化を見せる、かの有名な「リアル」な流儀で、演技に革命を起こした。キーンを観て詩人コールリッジは「稲妻の一閃のうちにシェイクスピアを読む」と評したほどである。

18世紀の間、多くのイギリス人俳優がアメリカにわたり、かの地のピューリタン的風土をものともせずに巡業して回った。トマス・キーン（生没年不詳）とウォルター・マレイは1749年に自分たちの劇団を率いてフィラデルフィアで公演をもち、1750年にはニューヨークでキーンの題名役で『リチャード3世』をオープンした。ルイス・ハラム（1714–56）の劇団は1752年にヴァージニア州ウィリアムズバーグで『ヴェニスの商人』を上演した。

《政治的障害》

リチャード・ブリンズリー・シェリダン（1751–1816）は『恋敵』（1775）、『悪口学校』（1777）、『批評家、あるいは悲劇の稽古』（1779）などの喜劇の名作を書いたが、次第に政治的野心にかられていった。1776年にドゥルリー・レインの支配人となったが、荒廃状態に陥ってしまった。1794年に再建されると、シドンズ夫人とジョン・フィリップ・ケンブルの助力をえてようやく再興させることができた。

《大向こうのゴシップ》

ジョージ・クックの「飲酒」にまつわる数多い逸話の中には、次のような話がある。ロンドンでリチャード3世を演じていた彼が、ある晩劇場にふらついて入っていったところ、劇場支配人が臆面もなく「クックさん！あなた酔っ払ってるじゃないか！」と叫んだ。クックはニヤリと笑って、「酔っ払ってる？おれが？は！バッキンガム公を見てみろ！」と言い返したという。

シェイクスピアの世界　89

1787年	1793年	1806年
メリルボーン・クリケット・クラブが結成され、ゲームのルールが公式に制定される。	フランス国王ルイ16世と王妃マリー・アントワネットがパリでギロチンの刑に処される。	ジェイン・テイラーとアン・テイラー姉妹による『子ども部屋の歌』は童謡を集成した最初期のもの。

1770年から1835年にかけて

あれ、どういうこと、インクが乾いてないぞ？
ウィリアム・ヘンリー・アイアランド、並はずれた贋作者

　偶像崇拝——つまり、劇聖崇拝——の帰結のひとつは、信心深い人がお祈りできるような「拾得物」を発見し提供するのに熱心な輩がいつも現れることである。そうした「拾得物」は発見者が密室に何時間も閉じこもったあとに見つかるのが通例である。史上もっとも有名な贋作者ウィリアム・ヘンリー・アイアランド (1776–1835) の場合も、まさにその例にもれなかった。

　19歳の法律事務所の事務員アイアランドは驚くべき数のシェイクスピア関連文書を贋造した。その中には「失われた」芝居の復元版『ヴォーティガン』も含まれていた。さらに、シェイクスピアと庇護者サウサンプトン伯爵の間で交わされた書簡、プロテスタントの信仰にたいして帰依を表明した文書、作家本人が描いた（へたくそな）絵、エリザベス女王からの親書、「アンナ・ハサーウェイ」('Anna Hatherrewaye') に宛てた劣悪な詩を、アイアランドは「発見」したのである。これ

《ガンガン行こうぜ、ヴォーティガン》

　1796年4月2日の『ヴォーティガン』の初日には2500名の観客が集った。当時ドゥルリー・レインの支配人だったリチャード・ブリンズリー・シェリダンが上演の契約をした芝居だった。第5幕まではまあ順調に進行した。主役を演じたジョン・フィリップ・ケンブルが「その仰々しいものまねが終わった」というせりふを「徹底して不気味な調子で」朗誦した、そのとき。いまやこの芝居がくずでしかないことを理解した観客は、いっせいに怒号の喚声をあげたのだという。

1812年
「ガスライト・アンド・コークス会社」がロンドンに設立、ウェストミンスター橋に最初のガス灯による街灯が設置される。

1815年
スコットランドでケルプ（海草）の価格が暴落する。

1847年
ジュゼッペ・ヴェルディのオペラ『マクベス』がイタリアで初演される。

《偽造された会計簿》

1595年の時点ですでにシェイクスピア作品の贋造は出回っていた。『ロークライン』という題名の芝居が誤ってシェイクスピア作と伝えられた。1850年代に学者ジョン・ペイン・コリアー(1789–1883)がシェイクスピア作品の「修訂」に乗りだしたが、10年後に、ピーター・カニンガムという公文書館の引退した事務員が1604–05年と1610–11年の饗宴局の会計簿を提出した。しかしこれすべて偽造されたものだったのだ。

満員御礼、チケットの大安売り！ ドゥルリー・レイン劇場の『コリオレイナス』（ピューギンとA. F. ローランドソン画）『コリオレイナス』がこれほどの人気を博したなんて信じられない！

らの贋作の中で彼は「エリザベス朝」風のスペリングを模倣し、いやその間違いときたらばかばかしいほどに誇張していたのだ。しかしそのペテンに金持ちや有名人がやすやすとだまされてしまったという次第。

彼が当初成功をおさめた原因は、17世紀後半に贋作が大量に出回ったことにもよる。劇聖崇拝はシバーやギャリックといった連中が散々もちあげた結果、すっかり弾みがついてしまい、「新しい」発見物を精査するいとまがなかったのである。これがアイアランド氏には幸いした。なにせ彼の贋造はさほど上質ではなかったのだから。最初にちょっとうまくいったがために、だんだんと欲が出て、『リア王の悲劇』(Tragedye of Kynge Leare)の改訂版や『ハムレット』(Hamblette)の数ページといったものまで贋作した。彼はシェイクスピアが書いたと思しき手紙も偽造したが、それまではまったく知られていなかった「ご先祖さま」——奇しくもウィリアム・ヘンリー・アイアランドという名前の——との間に交わされたシェイクスピアのブラックフライアーズの邸宅のための賃貸契約書も含まれていた。

コリオレイナスに扮したジョン・フィリップ・ケンブル。大胆不敵！

《大向こうのゴシップ》

実際シェイクスピアは収集家向きである。しかし、コレクションにかけて、ウィリアム・アイアランドの父親サミュエルの右に出るものはいなかろう。なにしろ彼は、シェイクスピアが求婚した際に座った椅子、『ファースト・フォリオ』、エドワード4世とルイ16世の遺髪、オリヴァー・クロムウェルの皮の上着、アン・ブリンがヘンリー8世に贈った財布を所有していたのだから。

1789 年
ジョージ・ワシントンがアメリカ合衆国の初代大統領になる。

1857 年
市民の離婚がイギリスではじめて可能になる。

1860 年
ニューナムがホックを発明する。

1780 年から 1900 年にかけて
ビルは大当たり
劇聖とヴィクトリア朝的価値観

19 世紀の作家に与えたシェイクスピアの影響はとてつもなく大きかったが、必ずしも良好なものばかりではなかった。ワーズワース、バイロン、シェリー、テニスンといった並みいる詩人たちがこぞって詩劇の創作に励んだものの、見るも無残な結果に終わった。シェイクスピアの二番煎じに甘んじて、なにか清新な芸術作品を創造しようという気概に欠けていたからのようだ。「シェイクスピアの詩劇は散文劇の発展にたいする最大の障害だった」と演劇学者アラダイス・ニコルは書いている。

イギリスの演劇界は上品な人士たちの集う社交の場へと変貌をとげて、シェイクスピアは大文豪にまつりあげられていった！コヴェント・ガーデンとドゥルリー・レインという両劇場で俳優兼支配人を務めたウィリアム・マクリーディ (1793–1873) は、「自然主義」と熱烈な感情を混ぜあわせて、ヴィクトリア朝の人々のシェイクスピア観に強大な影響力を残した。チャールズ・キーン (1811–68) は、名優エドマンドの息子だが、才能よりも自意識に彩られた舞台を上演した。1856 年の『夏の夜の夢』は豪華な舞台の背景を古代アテナイに設定、魔法の森というよりはクリスマスのパントマイム（おとぎ芝居）のほうがふさわしそうな登場人物が登場して、さらに悪いことには、彼のお金をかけたこれ見よがしの上演は、シェイクスピア劇を見る観客にある種の期待感をもたせる役目をはたしてしまったのだ。演技と観客の想像力にすべてをゆだねて、劇聖の作品をシンプルに上演することは、もはや不可能になってしまった。大がかりな舞台装置類がなくてはならないものになった。19 世紀の終わり頃には、ヘンリー・アーヴィング (1836–1905) がライシーアム劇場 (1878–1901) で、ビアボーム・トゥリー (1853–1917) がヘイマーケット劇場 (1887–96) で、と両雄が覇を競っていた。この俳優兼支配人の両名はシェイクスピア上演にたいして真摯に向きあった——誇りをかけてといってもいいくらいだった。しか

「ぼくじゃない！やったのはぼくの弟だよ！」イアーゴーに扮したエドウィン・ブース

《給仕頭にこぶが》

1821 年、アマチュアの黒人劇団がマンハッタンのアフリカン・グローヴにおいて『リチャード 3 世』を上演した。パーク・ホテルの給仕頭がリチャード役を演じたが、ホテルのダイニング・ルームから取ってきたカーテンで作った衣装を身に着けていた、とのもっぱらのうわさだった。

1870年
チャイコフスキーの幻想序曲「ロミオとジュリエット」の初演がモスクワでおこなわれる。

1880年
イギリスのクリケット選手W. G. グレイスが対オーストラリアの国際試合で初のセンチュリー（100点）を記録する。

1886年
アメリカ合衆国でフランス国民より送られた自由の女神像の除幕式が挙行される。

し、結局はそうした贅をつくした見世物的上演はじょじょにすたれていった。とくに1888年にスワン座の図面が発見されてからは衰退に拍車がかかった。舞台装置家たちは裸舞台および観客の想像力がもつ威力の再評価にのりだしたのである。ちょうどシェイクスピア自身が芝居（『ヘンリー5世』）のプロローグで示唆していたように！

幸いなことにシェイクスピアはこの頃までにはアメリカで、同様にドイツやヨーロッパでも高い人気を博していた。（彼の作品は1700年代以降ほとんどのヨーロッパの国で出版されていた）。解釈や上演に関する卓抜なアイディアは、しばしば海外公演に（時にはイギリスの観客の要望にこたえる形で！）出かけたイギリスの役者たちによって外国からもたらされたのである。

アメリカでは、エドウィン・ブース(1833–93)がニューヨークの本拠劇場で1869年から1874年の間に極上のシェイクスピア上演をなしとげていた。シャーロット・カッシュマン(1816–76)は世紀の半ばにイギリス全土を巡業して回り、レイディ・マクベスやロミオ（妹スーザン(1822–59)のジュリエットを相手役に）を演じて観客をうならせた。ジェイムズ・ハケット(1800–71)はニューヨークでフォールスタッフを演じてやん

《**登場人物表**》

『リチャード3世』の公演の最中に、エドウィン・ブースの父（にしてリンカーン大統領を暗殺したジョン・ウィルクス・ブース(1839–65)の父親でもある）ジュニアス・ブルータス・ブース(1796–1852)はリッチモンド伯役の俳優と舞台袖で大げんかをはじめ、オーケストラ・ピットへとなだれこんだ。その後、観客席の廊下を追いまわし、ロビーを経由して、通りに出たところで、相手が降参した。ブースは自分の手にしていた剣を投げすてると、一目散に酒場へと向かっていったという。

やの喝采を浴びている。1860年代と1870年代には、イタリアからトマソ・サルヴィーニ(1829–1915)やエルネスト・ロッシ(1827–96)が来演、ハムレット、オセロー、リア王、その他の悲劇の役柄を演じ評判を呼んだ。

マクベスに扮して、にらみつけるハーバート・ビアボーム・トゥリー

《**大向こうのゴシップ**》

1891年、巡業に出たミルン劇団が横浜公会堂で『ハムレット』、『ヴェニスの商人』、『マクベス』、『オセロー』、『ロミオとジュリエット』、『ジュリアス・シーザー』、『リチャード2世』を上演した。これは日本に行った最初の巡業劇団によるシェイクスピア公演となった。もっとも1885年には、大阪恵比寿座において『ヴェニスの商人』の歌舞伎への翻案が上演されていたが。

1901年	1913年	1937年
美人女優リリー・ラングトリーがロンドンのインペリアル劇場に『王家の首飾り』のマリー・アントワネット役で出演する。	デンマークの彫刻家エドヴァー・エリクセンはコペンハーゲンに人魚姫のブロンズ像を建てる。	イギリス初のモーターショーがロンドン・オリンピアで開催される。

1900年から1950年にかけて
基本に立ち返れ
20世紀に突入するシェイクスピア

　シェイクスピア作品の人気は19世紀に高まっていったが、それが最高潮に達したのは20世紀の初頭だった。この熱狂は国外にまでおよんでいたのだ。18世紀の「疾風怒濤」（シュトゥルム・ウント・ドランク）運動の時代以来、ドイツ人はおそらくほかのどのヨーロッパ人にもまして劇聖の芝居を愛好してきた（「われわれのシェイクスピア」と呼んだほどだ――まあ、あつかましい！）。名だたる上演の中には、マックス・ラインハルト (1873–1943) のシフバウアーダムにおけるノイエス・テアターの上演 (1904)、ベルトルト・ブレヒト (1898–1956) の『コリオレイナス』改作、およびルドルフ・シャラーの公演がある。

　西欧社会では、ばかげたほど贅沢なヴィクトリア朝風の舞台装置と衣裳が、費用の高騰が一因となって衰退の一途をたどっていった。しかしながら、舞台装置家エドワード・ゴードン・クレイグ (1872–1966) はある意味で別格の存在であり続けた。コンスタンチン・スタニスラフスキー (1865–1938) との1912年のモスクワ芸術座における『ハムレット』の合同公演では、初日の晩にクレイグの精巧な舞台装置が崩れ落ちるという結果に終わった！

　アメリカでも、シェイクスピアは古典的なレパートリーのかなめとなった。アメリカ人の偉大なシェイクスピア役者といえば、ロバート・マンテル (1857–1907) がおそらくは旧世代の掉尾を飾る人物。しかし、ほかにもジョン・バリモア (1882–1942)、エヴァ・ル・ガリエンヌ (1899–1991)、オー

《うぉ～っ、おば様》

　名優ジョン・ギールグッドは、はじめてシェイクスピアの大役としてロミオを演じた折の自分が、どこから見ても恋に悩む若き貴公子のようだったと述べている。「靴底のついた真っ白なタイツをまとって、私の足はばかでかく見えた。かつらは真ん中できっちりと分けてあって、真っ黒け。オレンジ色のメーキャップをされて、胸ぐらの広く開いたダブレットを着用した私は、まるでエジプトのラメセス王とヴィクトリア朝のご婦人をかけあわせたかのようだった」。

毛皮こんもり、レザーぴっちり。マクベスに扮するオーソン・ウェルズ（見間違えようがない？）

1946 年	1947 年	1953 年
ラスベガスに新築されたフラミンゴ・ホテルはホテル内でカジノ施設を経営する最初のホテルになる。	最初の電子レンジがアメリカのレイセオン社によって市販される。	サミュエル・ベケットが辛抱強い浮浪者ウラジーミルとエストラゴンを主役とする『ゴドーを待ちながら』を執筆する。

ソン・ウェルズ (1915–85)、ジュリア・マーロウ (1866–1950)、リチャード・マンスフィールド (1854–1907)、キャサリン・コーネル (1893–1974) らがいる。ポール・ロブソン (1898–1976) は 1943 年にホセ・ファラー (1912–1976) のイアーゴーを相手に崇高なオセローを演じている。

イギリスでは、ローレンス・オリヴィエ (1907–89)、ヴィヴィアン・リー (1913–67)、ジョン・ギールグッド (1904–2000)、ラルフ・リチャードソン (1902–83) がその演技の重厚さにおいて他を寄せつけない高みにのぼっている。おそらく活力に満ちた自由闊達さという点では、オリヴィエがいっそう「エリザベス朝」風の解釈を示していたといえよう。オリヴィエはまた劇聖を映画の世界へと羽ばたかせた 1 人でもある。

日本でシェイクスピアが最初に上演されたのは 1885 年のことだが、1900 年代のはじめになると『マクベス』、『オセロー』、『リア王』などの上演が相次いでおこなわれた。1928 年には坪内逍遙博士が全芝居の完訳という偉業をなしとげ、1929 年には市河三喜が中心になって日本シェイクスピア協会が結成されている。

しかし無限に増殖をつづける革新的な演劇、演劇論、演技や劇作のスタイルの影響を受けて、シェイクスピアも苦闘の道を歩んできたのだ。演劇や演技の「リアリズム」にたいして態度を柔軟に変化させるべく刺激を与えるのに一役買ったのは心理学だった。ロシアでは、スタニスラフスキーが俳優訓練の発想を導入して、演劇の世界を大きく前進させた。俳優の内面の動機づけが性格描写を完璧におこなうためには絶対不可欠だとしたのである。その著書の後塵を拝して、アメリカではメソッド演技の流派が流行、極端な自然主義が良しとされて、役者は登場人物になりきることが要求され、伝統的な人物の表現法であった露骨な演技は拒絶されたのである。

> 《登場人物表》
> 1934 年のギールグッドが題名役を演じた『ハムレット』の公演、陸軍の少佐が(クローディアスを演じていた)フランク・ヴォスパーの楽屋を休憩時間に訪ねて、演技をほめた。この出来事が頭に残っていたのだろうが、とギールグッドは回想しているのだが、終幕で「ハムレットよ、賭け(ウェイジャー)のことは知っているな」というべきところを、クローディアスは深々とした声で「ハムレットよ、少佐(メイジャー)のことは知っているな」とやってしまった。これがほんとうの大(メイジャー)間違い!

> 《大向こうのゴシップ》
> 1937 年のオリヴィエの『マクベス』公演には呪いがかけられていたらしい。オリヴィエ自身がフライから舞台上に落ちてきた重しのせいであやうく死にかけた。自動車事故で演出家とレイディ・マクダフが命を落とすところだった。最後には、劇場の経営者が通し稽古の最中に心臓発作を起こして亡くなってしまった。

オセローを演じるロブソン(上)と、ロミオに扮してヴィヴィアン・リーを抱きしめるオリヴィエ(下)

シェイクスピアの世界　　95

1950年	1952年	1956年
イタリアの作家チェーザレ・パヴェーゼは自殺する直前に「他人に好都合に利用されずに自分の弱さを見せることができる日に愛を見つけられるだろう」と書き残す。	前衛作曲家ジョン・ケージがアメリカではじめて「偶然性」の音楽を実演する。	結成されたイングリッシュ・ステージ・カンパニーがジョン・オズボーンの革新的な『怒りをこめてふりかえれ』を上演する。

1950年から現在まで
国際的な宣伝！
翻案、ぶらんこ、棒あやつり人形

　第2次世界大戦以後、シェイクスピアの作品はリバイバル、翻案、再上演、現代化、いやそのほか考えられるかぎりさまざまな形で世界中を席巻した。新しいメディアやコミュニケーションのためのネットワークが世界中にその触手を拡大増幅させていった結果、シェイクスピアのせりふは増加の一途をたどる新たな観客層に訴え、影響をおよぼしていくことになったのである。

ピーター・ブルック演出『夏の夜の夢』(1970)の簡素な舞台

　イギリスではロイヤル・シェイクスピア・カンパニーが相変わらずがんばっていた一方で、諸外国でもシェイクスピア・フェスティバルが開催され、彼の芝居の大半は学校のカリキュラムに組みこまれていった（多くの場合は若者のうめき声とあくびをともなって）。一時代を画すような公演も数多く生まれた。なかでも、1963年のストラットフォードでのピーター・ホール演出の『夏の夜の夢』、役者がブランコに乗って飛びはねるピーター・ブルック演出の同作品(1970)は、オリヴィエ演出ピーター・オトゥール主演の『ハムレット』(1963)とならんで抜きんでた存在だった。アメリカでは、シェイクスピア作品は大学で取りあげられることが多く、コネティカット州ストラットフォードのアメリカン・シェイクスピア・シアターのような多くのフェスティバルがもたれたのである。
　1961年までにペンギン・ブックス社はアメリカだけでシェイクスピアの四大悲劇集を250万部以上も売りさばいたほどである。ロシアでもシェイクスピア作品の人気は衰えを知らず、1917年の革命以降はさらに重きをおかれる存在となった。国民の啓蒙にあたる（という仕事がほんと

《逃げまくるマクベス》

　チャールトン・ヘストン(1924–)が主演してバーミューダ諸島でおこなわれた『マクベス』の野外上演は、兵士がマクベスの城を実際に焼き落とすという卓越したアイディアが光るものだった。ところが不幸なことに、初日の晩は強風のために炎と煙が観客席になだれこみ、観客は命からがら逃げださなければならなかった。

《フランスの笑劇》

　シェイクスピアが必ずしも人気を博すとは限らない。フランスではほかの国に比べて同等の受容がなされてきたとはいえない。まあ、シェイクスピアがフランス人でなかったからだろうが。（実際のところ、彼らにはモリエールがいるわけであるし）。1914年、ジョルジュ・ペリシエはこう記している――「勇気をもって発言しようではないか、「演劇の神」は低俗な劇作家である」（こんなこといわれたら、イギリスのヨーロッパ連合への加盟がだんだんと信じられない話になりそうだが）、ただしペリシエはシェイクスピアが「偉大な詩人」であるとは認めているのだ。なんと寛大なことよ！

1972 年
アメリカのテレビで喜劇番組シリーズ『M*A*S*H』が初放映される。

1976 年
アップル・コンピュータ社が大学を中退したスティーヴン・G. ウォズニアックとスティーブ・ジョブズによってカリフォルニアの新興企業として設立される。

1989 年
建築家 I. M. ペイは香港に 70 階建ての中国銀行ビルを建設する。イギリスの直轄植民地で一番背の高い建物だった。

うにあったのだが）教育人民委員のルナチャールスキー (1875–1933) が、シラーとならんで「復活」させるべき作家と提唱したのである。『コリオレイナス』は階級闘争を理解するためにことさら適切な芝居とされた。今日のロシアでは、劇聖の作品はなおのこと人気の高まりを示している。

インドでは植民地時代に宗主国からシェイクスピアがもたらされたのは当然だった。イギリスの支配が終わると、独特のシェイクスピア翻案を生みだした。『マクベス』の改作である『ベハリ・タルワー』（『両刃の剣』）はその一例だ。世紀の変わり目にインド北部シムラで上演された『夏の夜の夢』では、シーシュースはイギリス人の植民地主義者で、インド人商人の一団が「粗野な職人たち」を演じ、ヒンドゥー教の神ラーマとその妻シーターがオーベロンとタイテーニアに擬され、妖精たちは棒であやつる人形に取って代わられた。近年は、主要な方言のすべてに翻訳されてい

「このメーキャップはしんどいな、くちびるを開けられない！」1991 年、東京グローブ座で見るも恐ろしげなリア王を演じた高田恵篤

るくらいだ。南アフリカでは 1984 年にグレアムズタウンでナショナル・アーツ・フェスティバルが開かれた折、シェイクスピア協会が結成された。日本では、演出家の鈴木忠志が日本風の演技のスタイルを用いて『リア王』と『マクベス』の独自の上演をなしとげている。

東洋に舞台を移した上海版『マクベス』

《大向こうのゴシップ》

イタリア人は彼らなりのシェイクスピア観をもっている。20 世紀初頭の『オセロー』の公演で、オセローびいきの観客がイアーゴーに相応の処分を下せ、と叫んだのである。1948 年の『お気に召すまま』（『ロザリンダ』という題名）の公演はサルバトール・ダリ (1904–89) による男優の股袋に鹿の角をくっつけた衣装をフィーチャーしたものだった。（「あなたも枝角を身につけてみたい、それとも私を見るだけで満足？」）

1901年	1935年	1938年
イギリスでジェイムズ・ギッブがピンポンを考案する。	スティーヴンズが最初の補聴器を作る。1キロを超える重さだった。	ネスレ社がインスタント・コーヒーを市販する。

1899年から2000年にかけて

この世はすべて音声つきの舞台
映画のシェイクスピア

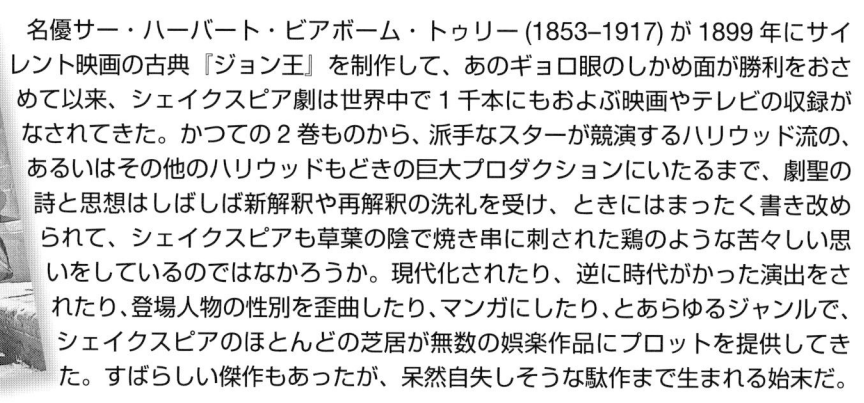

名優サー・ハーバート・ビアボーム・トゥリー (1853–1917) が1899年にサイレント映画の古典『ジョン王』を制作して、あのギョロ眼のしかめ面が勝利をおさめて以来、シェイクスピア劇は世界中で1千本にもおよぶ映画やテレビの収録がなされてきた。かつての2巻ものから、派手なスターが競演するハリウッド流の、あるいはその他のハリウッドもどきの巨大プロダクションにいたるまで、劇聖の詩と思想はしばしば新解釈や再解釈の洗礼を受け、ときにはまったく書き改められて、シェイクスピアも草葉の陰で焼き串に刺された鶏のような苦々しい思いをしているのではなかろうか。現代化されたり、逆に時代がかった演出をされたり、登場人物の性別を歪曲したり、マンガにしたり、とあらゆるジャンルで、シェイクスピアのほとんどの芝居が無数の娯楽作品にプロットを提供してきた。すばらしい傑作もあったが、呆然自失しそうな駄作まで生まれる始末だ。

オーソン・ウェルズ監督・主演の映画『オセロー』(1952)。スザンヌ・クローティアがデズデモーナを演じた

伝統的にいえば、品質を計るものさしとなるのは劇作家のせりふだった──19世紀を通じて、シェイクスピアを文学的に解釈することだけが唯一の正しく、自然な、永遠の行為だとする発想が通用していた。初期のサイレント映画は学者たちからはまともな評価を受けられなかった。ジ

《スター誕生》

予想されるとおり、『ハムレット』はほかのシェイクスピアの芝居にくらべて多くの映画作品となった。芝居全体だけでなく部分的な映像化も入れると、少なくとも45編の『ハムレット』があり、何らかの形で言及したものまで含めるなら、ほかに90編が数えられる。そのほとんどはイギリスかアメリカ産だが、インド、ポーランド、ブラジル、日本といった国々でも制作されている。

1958年	1959年	1975年
イギリスで女王のクリスマス・スピーチがはじめてテレビ放映される。	イギリス最初の高速道路 (M1) が開通する。	アメリカのNBCテレビの『サタデー・ナイト・ライヴ』がテレビで放映される。チェビー・チェイス、ジョン・ベルーシ、ギルダ・ラドナー、ビル・マレイ、ダン・エイクロイド主演。

ェスチャーと顔の表現だけに依存するため、「黙劇」と呼ばれていたくらいである。しかし映像に音声が加えられるようになって、批評家たちは「文学性」を向上させられるゆえに、ようやく安堵のため息をついたのである。

テレビでは、1937年の『空騒ぎ』の放映が

未来世界のプロスペローとミランダ。SFの枠組みでシェイクスピア劇をよみがえらせた映画『禁断の惑星』

イギリスでは最初のものだった。アメリカでは1953年のピーター・ブルック演出、オーソン・ウェルズ主演の『リア王』が最初だった。以来、シェイクスピアの作品や生涯に関する大衆向け映画が大量に生まれて、視覚に訴え、作品や登場人物の関係に新たな解釈をほどこしたり、芸術の世界における20世紀末の技術革新を利用してシェイクスピアの現代化を図ったりしたのである。フランコ・ゼッフィレリ監督のセクシーな『ロミオとジュリエット』(1968)、ポランスキー監督の血なまぐさい身の毛もよだつ『マクベス』(1971)、比較的最近の『恋に落ちたシェイクスピア』(ジョン・マッデン監督、1999)、『じゃじゃ馬ならし』を下敷きにした『あなたについて嫌いな10のこと』(邦題『恋のからさわぎ』ジル・ジャンガー監督、1999）――それにしてもひどいタイトル――、『ロミオとジュリエット』(バズ・ラーマン監督、1996)、『空騒ぎ』(ケネス・ブラナー監督、1993)。非英語圏の映画も、彼ら固有の文化に沿ってテキストを大胆に読み直す試みがきわめて刺激的である（106ページ参照）。

> 《大向こうのゴシップ》
> 多くの映画やテレビでシェイクスピア風の発想を自由に利用している。もっとも有名な例は『禁断の惑星』(1956)でこれは『テンペスト』の翻案なのだが、同様に『スタートレック』シリーズにもその気味がある（132ページ参照）。もし劇聖自身がこのような巧妙な才能の発現を目撃したならば、きっとハムレットのせりふを引用したにちがいない――「人間とは何たる傑作！ その理性は尊い！」

ロミオ役のレオナルド・ディカプリオが撮影中に、マドンナのビデオのセットに紛れこんで迷子になるの図

シェイクスピアの世界　99

1899年	1913年		1920年
ニュージーランド生まれの物理学者アーネスト・ラザフォードはα線・β線を発見する。	チャーリー・チャップリンはニューヨークで頭角を現し、週給150ドルで映画出演の契約をむすぶ。		溶性のガットがはじめて傷口を縫うのに使われる。

1899年から現在まで
再現・再生されるシェイクスピア
イギリスの映画やテレビにおける劇聖

絶句するハムレット

1915年以前にイギリスやアメリカで制作されたシェイクスピア映画の数は、それ以降に作られた数とじつはさほど変わりがないのである。第1次世界大戦前のシェイクスピア作品は、鑑賞眼のある特定可能な一大観客層を対象として、制作に関する独特の価値観をもって映画界に独自の一ジャンルを築いていた。現在以上に演劇と映画の関係は密接だった。1911年のフランク・ベンソン(1858–1939)が題名役を演じた『マクベス』、同じくベンソンの1911年の『リチャード3世』、ジョンストン・フォーブス=ロバートソン(1853–1937)の1913年の『ハムレット』は、演技という点ではきわめて劇場的であった。

ある意味でローレンス・オリヴィエの『ヘンリー5世』(1944)、『ハムレット』(1948)、『リチャード3世』(1955)はイギリスにおけるヴィクトリア朝的シェイクスピア観の伝統を反映していたといえる。世紀の変わり目から、演劇と映画はヨーロッパや北アメリカにおいては急激な変化をこうむっていた。イギリスだけが例によって新しいアイディアに反発して、伝統的なイギリス固有の上演スタイルを堅持し、文化的に優れていると自認していたのである。諸外国では、エドワード・ゴードン・クレイグやスイス人アドルフ・アッピア(1862–1928)、フランス映画の開拓者ジョルジュ・メリエス(1861–1938)らが、照明を用いて雰囲気を醸成したり、空間的な広がりを工夫したりといった発想法を駆使して映画作りに影響を与えていった。

スクリーンにシェイクスピアを描こうとしてなされた努力の中でもハイライトと呼べるものは、『リチャード3世』を翻案した1939年のB級映画『ロン

『ロンドン塔』(1939)でのボリス・カーロフとベイジル・ラスボーン

《まーあ、ひどい汚れ》

うわさによると、スチュアート・バージ(1918–)監督の1965年の映画『オセロー』において、ムーア人の役を演じるため全身黒塗りのいでたちにしたローレンス・オリヴィエだったが、最後の場面で自分のメーキャップがこすれてデズデモーナ(マギー・スミスが演じた)にくっついてしまったという。安物の化粧品を使ったからか、それとも無我夢中になって圧迫したからだろうか。

1939 年
ピアニストのマイラ・ヘスはロンドンのナショナル・ギャラリーで最初のランチタイム・コンサートを開く。夜間の灯火管制にたいする文化的抵抗の証となる。

1960 年
東京の文具会社が「ペンテル」という名称で世界初のフェルト・ペンを発売する。

1980 年
ラスベガスの開業 7 年の MGM グランド・ホテルの火災で 3500 名の宿泊客が巻きこまれ、84 名が死亡する。ヘリコプターを使って屋上から 1000 名以上を救出した。

1979 年のデレク・ジャーマン監督作品『テンペスト』に登場する小妖精

ドン塔』で、ベイジル・ラスボーン (1892–1967) がリチャード役、ボリス・カーロフ (1887–1969) が映画のために考案された役で出演した。ほかに、リチャード・バートン (1925–84) がハムレットを演じたジョン・ギールグッド監督の 1964 年の『ハムレット』、みずから主演したケネス・ブラナー (1960–) 監督の『ヘンリー 5 世』(1989) と『ハムレット』(1996) が注目に値する。近年はシェイクスピアへの関心が再び高まり、創意に富んだ映画が続出、ギールグッドがプロスペローに扮したピーター・グリーナウェイ (1942–) 監督の『プロスペローの本』(1991)、1930 年代の謎めいたファシスト政権下のロンドンに舞台をおいて、イアン・マッケラン (1939–) が主役を演じたリチャード・モンクレイン監督の英米合作の『リチャード 3 世』

リチャード・モンクレイン監督作品『リチャード 3 世』でファシストの策士リチャードを演じるイアン・マッケラン

(1994)、デレク・ジャーマン (1942–94) 監督の流麗なる『テンペスト』(1979)、名声をはせた『恋に落ちたシェイクスピア』(1999) などがある。ケネス・ブラナーの『恋の骨折り損』(2000) も最近の収穫だ。とはいえ、イギリスでは 1960 年代からテレビでシェイクスピアが頻繁に放映されてきた。代表的な例に、ローレンス・オリヴィエがシャイロックに扮したジョナサン・ミラー (1934–) 監督『ヴェニスの商人』(1973)、同じくオリヴィエがリア王を演じたマイケル・エリオット監督『リア王』(1984) があった。

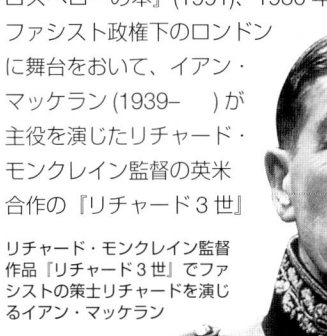

> 《大向こうのゴシップ》
>
> ピーター・ブルックの映画『リア王』は、ポール・スコフィールド (1922–)、シリル・キューザック (1911–93)、ジャック・マッゴーワン (1918–73) ら一流どころの役者を使いながら、多くの批評家を戸惑わせる結果になった。「感受性豊かな観客を念頭にした最高の観劇体験」を提供している反面で、テンポがあまりにも緩やかだと不満が噴出したのである。以来、ブルックは自分の活動の場を主として生の舞台へと限定していったのである。

> 《登場人物表》
>
> ブライアン・クレメンツ (1931–) が脚本を書いた『名誉ある殺人』(1960) は『ジュリアス・シーザー』の翻案で、フィリップ・サヴィル (1930–) という俳優がマーク・アントニーを演じた。サヴィルはその後テレビの監督になって、『ボーイズ・フロム・ブラックスタッフ』(1980)、『悪女の生涯と愛』(1990)、『メトロランド』(1997) などの名画を撮った。

シェイクスピアの世界

1913年
セシル・B. デミルの『スコウマン』はハリウッドで撮影された初の長編映画になる。

1929年
ダンロップが詰め物の材料として使用できる気泡ゴムを開発する。

1954年
アメリカの画家ジャスパー・ジョンズは最初の「旗」の絵を描き、ポップ・アートの嚆矢となる。

1900年から現在まで

書き直され、魅力をますシェイクスピア
アメリカ映画と偉大なウェルズ

ヴァイタグラフ（初期の映画制作会社、20年代にワーナーに買収された）が1908年に作った『マクベス』はアメリカにおけるシェイクスピア映画の流行を誘発した。トゥリーの『ジョン王』がイギリス映画界にはたした役割と同じであった。その後の12か月でヴァイタグラフは『ロミオとジュリエット』、『オセロー』、『ヴェニスの商人』を含む6編のシェイクスピア劇を制作している。1908年には、映画芸術の基礎をつくったD. W. グリフィス(1875–1948)も『じゃじゃ馬ならし』をもって勝負をかけてきた。

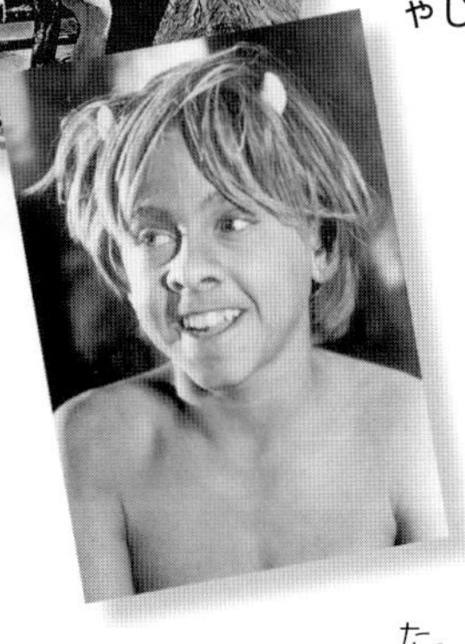

1929年にはサム・テイラー(1895–1958)がメアリー・ピックフォード(1893–1979)とダグラス・フェアバンクス(1883–1939)の主演でサイレント映画『じゃじゃ馬ならし』を作った。この映画は「ウィリアム・シェイクスピア作、サム・テイラー補遺」というクレジットのために有名になっている。おそらくこの映画はデイヴィッド・ギャリックによる上演版にもとづいたものだったが、大幅にカットされて、サイレント映画のパントマイムと朗誦調の劇場風スタイルで制作された。

1935年にはワーナー・ブラザーズがマックス・ラインハルト(1873–1943)とウィリアム・ディータール(1893–1972)による『夏の夜の夢』を封切った。ワーナーのトップスターが一堂に会したキャストはジェイムズ・キャグニー(1899–1986)がボトムを、ミッキー・ルーニー(1920–)がパックを演じ、振付はニジンス

ピックフォードとフェアバンクス（上）
ミッキー・ルーニーのパック（下）

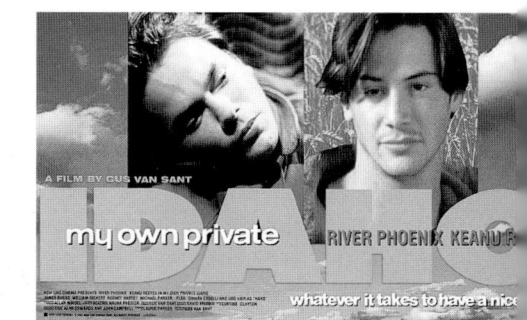

《復讐は甘い香り》
『リチャード3世』で主役を演じたローレンス・オリヴィエは、自分の復讐のドラマを演じきったのである。「鼻をつけ、かつらをかぶり、メーキャップは完璧」とひとつひとつ数えあげていった。「ほれ、鏡の向こうから私をにらみつけている奴がいる、まさに私のリチャード……。このメーキャップの基本はアメリカ人演出家ジェド・ハリスその人だ。私が会った中で一番いやな奴。ハリスにたいする私の復讐はこれで完璧だ」。

『ヘンリー4世　第1部』の現代版でのリヴァー・フェニックスとキアヌ・リーヴズ

1964 年
アメリカの俳優ジェイムズ・アール・ジョウンズはニューヨークの『オセロー』公演で題名役を演じる。

1973 年
ビデオが一般の家庭に普及しはじめる。30 年後になっても設定にとまどう人がいる。

1999 年
ラテン音楽熱がポップ・シーンを席巻する。リッキー・マーティン、フリオ・イグレシアス、マーク・アンソニー、さらには元スパイス・ガールズのジェリ・ハリウェルの同類がチャートをにぎわす。

キー (1890–1950) が担当した。ラインハルトはアッピアの提唱した理論を採用したが、これは彼が 1934 年にハリウッド・ボウルで芝居版の上演をした際に試みていた方法だった。ローレンス・オリヴィエの 1955 年の映画『リチャード 3 世』が NBC テレビで放映された際には 5 千万人の視聴者がテレビを見たというが、その数字はこの芝居の上演史の上で獲得した観客の数よりも多かったのである！

アメリカ映画で偉大なシェイクスピア作品といえば、オーソン・ウェルズが監督した『オセローの悲劇——ヴェニスのムーア人』(1952) に指を折る。アメリカ、イタリア、フランス、モロッコから資金援助を受け、ウェルズがオセロー、マイケル・マックリアマー (1899–1978) がイアーゴーを演じた。みごとな白黒の撮影法によって建築物が感情的な環境として捉えられており、最高のシェイクスピア映画のひとつとの評価を受けている。また、アル・パチーノ (1940–) の『リチャードを探して』(1996) はパチーノがリチャード 3 世そのほか多くの役柄を演じて見ものである。ガス・ヴァン・サント (1953–) 監督の『マイ・オウン・プライベート・アイダホ』(1992) は『ヘンリー 4 世 第 1 部』の翻案である。バリー・レヴィンソン (1932–) 監督の『バグジー』(1991) は『アントニーとクレオパトラ』からプロットを借用している。オセローを演じた役者には、ジョウゼフ・パップ (1921–91) による 1979 年版のラウル・ジュリア (1940–94)、1980 年のヤフェット・コット (1937–)、1995 年のローレンス・フィッシュバーン (1961–) がいる。トニー・カーティス (1925–) はマックス・ブーロアの『オセロー、ブラック・コマンドー』というフランス・スペイン合作の 1982 年の映画でイアーゴー将軍という刺激的な役を演じている。

鏡をのぞきこんで、リチャードを発見するアル・パチーノ

《登場人物表》
ジョン・カサヴェテス (1929–89) とジーナ・ロウランズ (1934–) といえば映画界で最良のおしどり夫婦だが、ポール・マザースキー (1930–) の『テンペスト』に主演、スーザン・サランドン (1946–) と共演している。マザースキーは車軒の『曹将軍の稲妻』(1966) の影響を受けた。そう、ラウル・ジュリアがソニー・トリニトロンのテレビを所有して、洞窟に住んでいる山羊飼いを演じたあれである。

いまにも誰かを絞め殺しそうな顔つきのローレンス・フィッシュバーン

シェイクスピアの世界　103

1900年	1930年	1936年
ロシア皇帝の叔父、コンスタンチン大公は『ハムレット』をロシア語に翻訳し、サンクト・ペテルブルクの冬の宮殿で題名役を演じる。	フランスの建築家ル・コルビュジェはフランスのポワッシーにあるサヴォア邸を完成する。	最初の電話時刻案内がパリで稼動する。

1900年から現在まで
マカロニ・ウェスタンとマンガ
ヨーロッパにおけるシェイクスピア映画

サー・ハーバート・ビアボーム・トゥリーの1899年の『ジョン王』の後、クレメント・モーリス(1853–1933)がフランスでサラ・ベルナール(1844–1923)主演で『ハムレット』(1900)を映画に撮っている。ジョルジュ・メリエスは1907年に『ハムレット』を制作した。同年、ドイツでは、フランツ・ポルテン(1859–1932)とその妻が『オセロー』を撮った。同じ年にはイタリアでもマリオ(1874–1920)とマリアのカセリーニ夫妻が『オセロー』を作っている。後者は好評を受けて、翌年には『ロミオとジュリエット』を制作した。(それにしても役者稼業になぜ夫婦者が多いのだろう?)あくる年は、フランスの番で、『夏の夜の夢』だった。こうしてヨーロッパ中にシェイクスピア熱が伝播して、相次いで公開されたのである。

しかしながら、イギリスやアメリカと同様に、ヨーロッパ産のシェイクスピア映画は1960年代までには縮小してしまった。むしろテレビ局のほうがラジオ放送とならんで、とくにイギリスやス

ハムレットに扮するサラ・ベルナール。うむを言わさぬ構え

カンディナヴィア諸国では、シェイクスピアに関心を示すようになった。同時に、シェイクスピアの芝居はほとんどの西欧諸国で教育制度の一環に取り入れられていった。1990年代のはじめには、『シェイクスピア——アニメーテッド・テールズ』と題されたロシア製アニメーション映画のシリーズがテレビおよび成長著しいビデオの市場を目当てにして作られて、BBCテレビで放映された。これはシェイクスピアの主要な悲劇と喜劇を含んでいて、大幅に短縮され、ほぼ30分番組にまと

《大向こうのゴシップ》

イタリアでは『ハムレット』のマカロニ・ウェスタン調映画『ジョニー・ハムレット、あるいは西部の汚い話』が1968年に公開されている。監督はエンツォ・カステラーリ(1938–)だが、彼が前年に撮った作品は『残りわずかな弾丸』だった。

1955 年
人工ダイアモンドが製造される。

1995 年
完全な CG 処理の映画『トイ・ストーリー』がアメリカ合衆国で公開される。

2000 年
完全な月食が 133 年ぶりに満月の時に重なる。月は普段より 33 パーセント巨大に見えた。

められたものだ。若い視聴者を当てこんだ企画は大成功、少なくとも 30 か国のテレビ局がこれを購入した。もっともシェイクスピアを「教える」際に教室に広がる陰うつな雰囲気に何ほどの変化を生みだせるかどうか、はまた別問題ではあるけれども。

テレビにくらべたら比較的少数の観客しか獲得できなかったにせよ、映画版の制作も 20 世紀を通じておこなわれた。もっとも観客の関心を引こうとしてなされた作品の中には話題にしないほうがいいようなものもあった。フィンランドでは 1968 年の『ロミオとジュリエットの秘められた性生活』というアメリカ産ソフトポルノ映画が上映禁止になった。(もっとも彼らだってかなりいかがわしい白黒の『ハムレット』映画——『ハムレット・リイケマイルマッサ』(『商売に乗りだすハムレット』) を 1987 年に作

オランダで上演された『夏の夜の夢』のポスター。歯並びはいいけれど、耳のかっこうが変?!

っているのだけれど)。より真剣味にあふれたヨーロッパの映画では、レオン・ガーフィールド (1921–96) が台本を書いたロシア製の『十二夜』(1992) などがあり、一方のテレビでは 1978 年のロシアの『間違いの喜劇』、1990 年のドイツの『ヴェニスの商人』がある。フランコ・ゼッフィレリ (1923–) が作ったイギリスとヨーロッパ合作の劇画調『ハムレット』(1990) は颯爽たるメル・ギブソン (1956–) がデンマークの王子を演じている。

ハンサムな王子が休憩中。フランコ・ゼッフィレッリ監督作品に主演のメル・ギブソン

《バードファーザー》

『リア王』のもっとも珍妙な映画版は、1987 年にフランスのカルト的映画監督ジャン・リュック・ゴダール (1930–) によって作られた。邦題は『ゴダールのリア王』。ノーマン・メイラー (1923–2007) の共同脚本、ウッディ・アレン (1935–) がミスター・エイリアン役、ピーター・セラーズ (1957–) がシェイクスピアの役、ノーマンとケイトのメイラー夫妻が本人役、バージェス・メレディス (1908–97) がマフィアのボス、ドン・レアーロ役で主演した! ゴダール自身も自分の手のコピーを取り続けている教授の役で出演していた。

1913年
劇作家・詩人のウラジーミル・ウラジーミロヴィッチ・マヤコフスキーはモスクワで自作の『ウラジーミル・マヤコフスキー——悲劇』に出演する。

1931年
都市計画のもとニューデリーがインドに完成する。イギリス人建築家エドウィン・ランドシーアー・ラッチェンズとハーバート・ベイカーが設計、クリストファー・レンとピエール・ランファンに霊感をえたもの。

1950年
マンボがキューバからニューヨークのダンスフロアに紹介される。

1900年から現在まで
ボンベイからメキシコまで
世界を翔けめぐる劇聖

20世紀を通じてテクノロジーが西洋から急速に発展し、映画はまさしく世界的な呼び物になった。シェイクスピアの芝居は、西洋における人気にかげりを見せることはなかったが、ステージからスクリーンへと飛躍した。とはいえ、文化的差異はきわめて大きく、ひたすら関心の的となったのは、もっぱらシェイクスピアの核心をなす物語であって、われわれには本質的と思えていた「イギリス」風の習慣、衣装、装置やせりふには注意が払われなかったのである。中国、日本、インドなどの国々には旧来の伝統的な演劇がしぶとく存続していたから、なにも「劇聖」などを輸入する必要などなかったのである。それに控えめにいっても、翻訳が簡単ではないという現実もあった。

偉大な映画監督、黒澤明の『蜘蛛巣城』

日本のもっとも有名な映画監督にして、史上最高の監督の1人でもある存在が黒澤明（1910–98）だ。1957年、黒澤は『マクベス』の翻案である『蜘蛛巣城』（英語タイトルは『血の玉座』）を制作、「シェイクスピアの芝居を映像に変貌」させて唯一成功をおさめた映画と評価された。この映画においては表現主義への傾倒が見られ、それはたとえば森がマクベスの精神状態の視覚的な表現になっている点に顕著にうかがえる。1985年に黒澤は『リア王』にもとづいた映画『乱』を作った。その輝くばかりの才能は否定できないけれども、西洋では批判の声があがった。なにしろ3人の娘が息子に変更されていたからである。（日

黒澤明の『乱』。黒澤の翻案は原作の芝居に壮麗なスケールを与えた

1965年	1974年	1993年
ドルビーのノイズ・リダクション・システムが使用される。	『ピープル』誌がニューヨークで出版される。	スティーヴン・スピルバーグ監督の恐竜映画『ジュラシック・パーク』が史上最高の収益を上げる。

本の文化では伝統的に娘が父親から領土を相続することはありえなかったため、ここは何とかしなければならなかったのだ)。

インドでは、20世紀になって巨大映画産業がボンベイを中心にして沸き起こった。早くも1935年にはソーラブ・モーディが『ハムレット』の翻案を『クーン・カ・クーン』と題して制作した。1948年には、アクタール・フセインの『アンジュマン』(『ロミオとジュリエット』)が、6年後にはキショレ・サフーが『ハムレット』を制作した。1997年にはジャヤラージ・ラジャセカーラン・ナイールが『カリヤータム』(『オセロー』)を作ったが、シェイクスピアの登場人物の代わりに伝統的な登場人物を配して、『神の芝居』という題名でも知られている。

ほかの国では、わずかのすぐれた例外を除いて、制作例自体ごく少ないが、ここにいくつかあげておこう。エジプトでは『ロミオとジュリエット』の設定を現地に移しかえた版『シュハーダ・エル・ガーラム』がカマル・セリムによって1942年に作られた。『じゃじゃ馬ならし』がメキシコでは『カルタス・マルカダス』と題されて、1948年にルネ・カルドナによって作られた。

女優アスタ・ニールセンが性別を超えて演じたハムレット。スカンディナヴィア風の不安の演技第1番

《大向こうのゴシップ》

女優アスタ・ニールセン(1882-1972)が主演した1921年の『ハムレット』はなんともおもしろい映画だった。ドイツ映画だが、デンマーク人の女優と監督の手になるもので、12世紀のデンマークの歴史家による有益な補遺をあきらかに含んでいた。ハムレットがあのような奇行を演じた理由が、「彼」がじつは「彼女」だったから、という点は注目に値しよう!

セルゲイ・ボンダルチュクはデズデモーナに暗く沈痛な眼差しを今ひとたび向ける

《赤いロシア人》

セルゲイ・ユトケーヴィッチ(1904-85)のロシア映画『オセロー』(1955)にはわざとらしいくらいの大げさな演出が目立つ。セルゲイ・ボンダルチュク(1920-94)演じるオセローが漁師の網にからまって、精神的に罠にはまったことを描いたり(なんと精妙な!)、怒り心頭に発したときには眼が赤くなったりするのである! どう見ても、彼は「柔和で、むしろ愚かしいオセロー像を演じたため、観客の興味は悪魔的なイアーゴーのほうに向けられたのである」。

シェイクスピアの世界　107

1835年	1839年	1850年
マリー・グロショルツは蝋人形のコレクションをベイカー街に移設、「マダム・トゥッソーズ」蝋人形館を開館する。	イギリス対中国のアヘン戦争勃発。	文芸月刊誌『ハーパーズ・マガジン』がニューヨークで創刊される。

1827年から現在まで

RSC以前は盛り上がっていなかったの？
フェスティバルから劇団結成まで、そして未来へ

ストラットフォードは地元の誇りを記念して

1961年に結成されたロイヤル・シェイクスピア・カンパニー(RSC)が、ストラットフォードの劇場でシェイクスピア作品をもっぱら上演しようという最初の試みだったわけではなかった。この町はシェイクスピア地図にしっかりとした地歩を築きたいとの野心を長いこと抱いてきた（22ページ参照）。とはいうものの、期間限定の夏季フェスティバルの時代から、ここ半世紀にわたり観客の拍手を浴びている永続的な劇団が創立されるまでの道のりは決して平坦なものではなかった。

1769年に劇聖生誕200年祭がデイヴィッド・ギャリックの出演で挙行された。これは大成功とはいえなかったが、ストラットフォードの議会は1824年までその伝統を堅持し、その年シェイクスピアリアン・クラブがファルコン・インで結成されるにいたった。3年後に、3日間のフェスティバルがおこなわれた。4万人の観客が町を訪れ、劇場建設のための礎石がニュー・プレイスに置かれた（ストラットフォードの最初の劇場ではないが、最大の規模のものではあった）。善良なるストラットフォード市民たちは3年おきにそのような祝典を開催しようと決意した。その後、人々の困惑をよそに、トゥルー・ブルー・クラブが結成され、こちらも3年おきのフェスティバルをおこなうと宣言した。シェイクスピアリアン・クラブは国王ジョージ4世の後援をえて逆襲、名称をロイヤル・シェイクスピアリアン・クラブと変更した。1827年に礎石がおかれていた件の劇場は、まずシェイクスピアリアン・シアター、その後ロイヤル・シェイクスピアリアン・シアター、最後にはシアター・ロイヤルと呼ばれることになった。だが成功をおさめることかなわず、この劇場は庭園造成のほうを好んだ所有者によって1872年に解体されてしまった。最初のシェイクスピア・メモリアル・シアター

楽屋でうとうとするギャリック

《大向こうのゴシップ》

2000年2月RSCは『じゃじゃ馬ならし』の世界ツアーを開始した。5台の連結されたトラックが43トンを超える道具類の輸送に当たった。学校のホールやレジャーセンターなどでも上演可能なように、ハイテク装備満載の移動式劇場観客席を設営するためだった。

1884 年	1890 年	1950 年
ロンドンのグリニッジ天文台を通る測線が経度ゼロとなり、グリニッジ平均時とされる。	ロシアの細菌学者イワノフスキーはタバコモザイク病を研究中にはじめてウィルスを発見する。	「スクリブル」という盤上ゲームが考案される。

> 《登場人物表》
>
> 1925 年、メモリアル・シアターのバースデイ・ディナーの席上、ジョージ・バーナード・ショーは「シェイクスピアの芝居を上演する世界で最悪の劇場のために」乾杯の音頭をとった。彼は居並ぶ億万長者たちに、「さもないとこの劇場は破壊されるべきだから」とできるかぎりの寄付をするように要求した。実際、翌年、火事で焼け落ちてしまったのである。

がストラトフォードに建設されたのは 1879 年になってのこと、柿落としの演目は、やんぬるかな『空騒ぎ』だった。

シェイクスピア・メモリアル・シアターは火事のために 1926 年に焼失、1932 年に新劇場が再開した折には、イギリス、アメリカ、カナダの寄付者、そしてもちろん国王からの後援で支払いが賄われた。この劇場は（「墓石」とか「ジャム工場」とあだ名されたが、かの気難し屋のバーナード・ショーには気に入られた）、アンソニー・クウェイル (1913–89) やグレン・バイアム・ショー (1904–86) のもとで隆盛をきわめた。ピーター・ホール (1930–) が演出家になった 1958 年には、ロイヤル・シェイクスピア・カンパニーが結成された。ストラトフォード第 2 の劇場としてジ・アザー・プレイスがオープン。オールドウィッチ劇場もロンドンの公演会場として稼動をはじめた。その後バービカン劇場がロンドン本拠地となったが、現在は手放している。

1978 年以来、ロイヤル・シェイクスピア・カンパニーはイギリス国内に限らず全世界に巡業に出かけるようになった。また教育プログラムその他のイベントを企画運営し、健全経営を維持している（もちろん巨額の国庫補助金を受けてはいるのだが）。1999 年には『リチャード 3 世』の公演で 100 万ポンドの利益をあげた。同年、夏季 10 作品のレパートリー公演では 3 月の最初の公演の初日の前に 200 万ポンド以上のチケットの売り上げを記録している。

> 《バードのボーナス》
>
> RSC への賞讃の声は世界中に広まっている。たとえば、音楽部門の責任者スティーヴン・ウォーベックは劇団の役者たちが出演して大好評を博した『恋に落ちたシェイクスピア』のサウンドトラックでオスカーのノミネーションを受けている。

大当たりの知らせを聞いて喜ぶ『恋に落ちたシェイクスピア』のキャストの面々

シェイクスピアの世界

1970年	1976年	1982年
スウェーデンのトラルハヴェット湾での座礁で、「オセロー」号から6万から10万トンのオイル漏れが起きる。	1120年にイギリスのラムジー・アビーの壁に塗りこめられ、完璧に保存されたままのばらが庭園業者によって発見される。	MRI（磁気共鳴映像法）がイギリスに導入され、医療の現場で高度のCTスキャンが可能になる。

1968年から2000年にかけて
世界の中のグローブ座
バンクサイドの夢とテキサスの時間のゆがみ

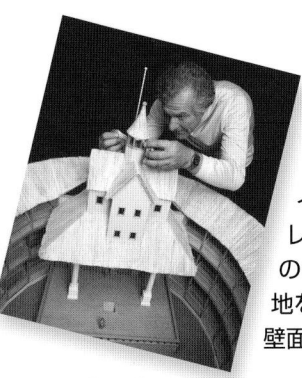

新しくロンドンにグローブ座が誕生したことについて、われわれはシカゴ出身のちょっといらつき加減の俳優に感謝を捧げなくてはならない。サム・ワナメイカーCBEが最初にイギリスに来たのは1949年の映画『この日をよこせ』に出演するためだった。彼はシェイクスピアが大好きだった上、オハイオ州クリーヴランドにおけるグレイト・レイクス・ワールド・フェアでシェイクスピアを演じて自分の俳優稼業をはじめたことから、劇聖が活躍した劇場の建っていた跡地を見たいと望んだのである。ところが愕然としたことに、醸造工場の壁面に見出したのは小さな記念の銘板だけだったのである。

夢の模型を前にするサム

《自然に近い上演》

ロンドンのグローブ座は屋外劇場で、観客は好きなときに出入りができ、不自然な休憩時間の代わりに短い中断が入る。役者と観客の距離は近く、誰もが上演を楽しめる。「平土間の客」は中庭部分に立って観ているので、雨が降ればぬれるし、暑い日には焼ける思いをする。「金持ち」は屋根のある席に座れるが、それでも時には日焼けするだろう。芝居見物はこうでなくっちゃ、というところである！

シェイクスピアのグローブ座再建の模型

ワナメイカーは仕事でイギリスを再訪、結局は住み着いて、1960年代後半には建築家セオ・クロスビーと一緒に新しい「O字型の木造劇場」を建築しようという夢に一路邁進することになった。1970年に、彼は基金をつのるためにグローブ・プレイハウス・トラストを設立、サザック市議会はテムズ川の対岸で聖ポール大聖堂の正面に

1984年
エドワード・ララビー・バーンズが設計した巨大な石灰岩でできた建物のダラス美術館が、81年経って老朽化した美術館に取って代わる。

1985年
日本の映画監督、黒澤明が『リア王』を翻案した『乱』を公開する。

1996年
アメリカ合衆国でノミ取り首輪で窒息した飼い猫が短縮ダイアルを使って911（緊急電話）をかける。警察が猫の居場所をつきとめて、首輪をはずした。

あたる、本来劇場のあった場所から200ヤードほど離れた土地を提供した。1970年代に何回かの上演がテントでおこなわれたけれども、新劇場の基礎工事は1989年まではじめられなかった。ブレマー・シェイクスピア・カンパニーが1993年に部分的に建築された劇場で『ウィンザーの陽気な女房たち』を上演した。その数か月後、不運なことにサム・ワナメイカーは25年の夢が結実するのを待たずに他界した。1年後、セオ・クロスビーも死去した。1997年、グローブ座は正式にオープン、今やロンドンの華と讃えられている──あの決意にみちた偉大なアンクル・サムのおかげである。

アメリカという国はシェイクスピアに愛情をこめて接してきた。早くも1960年代にエリザベス朝のグローブ座のレプリカを建設し、運営したのはテキサス州オデッサだった。この410席の8角形の劇場は地元の教師マージョリー・ウォレスの努力のたまものだった。国際的に著名な学者アラダイス・ニコルは、「もしあなたがこの劇場を

新グローブ座。満場の観客の前で上演された『ヘンリー5世』

完成したなら、シェイクスピア自身のグローブ座のまずは正統的といっていいレプリカをこの地球上に所有できるのです」と述べて、ウォレスを支持したのである。この「グローブ座」はギルバート・アンド・サリヴァンの喜歌劇や「ブランニュー・オプリー」と題する毎月のカントリー・ウェスタンのショーとならんで、劇聖の作品を上演し続けている。アン・ハサウェイの家のレプリカも1988年に追加された。ほかにも、ニューヨークにアメリカン・グローブ・シアター、カリフォルニア州サン・ディエゴにオールド・グローブ・シアターがあるが、これらは名前だけである。

《大向こうのゴシップ》

サム・ワナメイカーの業績は新しいグローブ座を建てたことだけではない。クリフォード・オデッツ (1906–63) の『冬の旅』では、制作、演出、主演をこなし、マイケル・レッドグレーヴ (1908–85) と共演した。リヴァプールのシェイクスピア劇場を買収、イギリスで最初の芸術センターを創設した。ロイヤル・シェイクスピア・シアターの『オセロー』ではイアーゴーを演じている。ほかにも映画や舞台に数多く出演している。

シェイクスピアの世界

1775年	1838年	1876年
バースのロイヤル・クレッセントがイギリスの建築家ジョン・ウッド・ザ・ヤンガー（息子）によって完成される。	ロシアのヒバで王族に敬意を払わなかったかどでイギリス人大佐が肉食の害獣の巣窟に投げこまれる。	グレイスリウムという名前の最初のスケートリンクがロンドンにオープンする。

1769年から現在まで
シェイクスピアならどこでも大繁盛！
世界中のシェイクスピア・フェスティバル

18世紀にストラットフォードで開催されたフェスティバルをお手本にして、世界中の国々で、とくに中国、日本、ニュージーランド、南アフリカ、そしてヨーロッパ諸国でフェスティバルが開かれるようになった。アメリカとカナダだけで、100を超えるシェイクスピア・フェスティバルが存在しているが、もっとも歴史があるのはオレゴン州アッシュランドのアッシュランド・シェイクスピア・フェスティバル、最大規模を誇るのはアラバマ州モンゴメリーのアラバマ・シェイクスピア・フェスティバルである。カナダではオンタリオ州ストラットフォードにおいて開催されている。日本（千葉県）には、シェイクスピアの故郷を本格的に再現したテーマ・パークがある。

1974年、オレゴン州アッシュランドでの『ヴェローナの2紳士』公演。記憶に残るリチャード・L・ヘイによる舞台装置

オーストラリアのフェスティバルに話題を移せば、2000年のシドニー・オリンピック以来、オーストラリア・シェイクスピア・フェスティバルが上昇気流に乗っている。ニュー・サウス・ウェールズ州のサザン・ハイランズにおいて、エリザベス朝の芝居小屋のレプリカをイニゴ・ジョウンズがロイヤル・コックピット＝イン＝コート賭博場を完全な劇場へと改造した1600年の図面にもとづいて建設しよう、という文化観光プロジェクトが進行中である。博物館の建設も含んだこの企画は、今後オーストラリアにおいてシェイクスピア劇への貢献が一気に高まる希望をもたせるものだ。総合的な博物館には、「エリザベス朝の劇場のレプリカ、エリザベス朝の日常生活を時々刻々観察できるエリア、シェイクスピア時代の楽屋を想像して作ったセット、エリザベス朝の舞台効果・メーキャップ・衣装・音響効果などの展示、エリザベス朝の舞台音楽や楽器、研究調査のための施設」が組みこまれている。サウス・オーストラリア

《アラバマの劇聖》

2千150万ドルをかけたアラバマ・フェスティバル・シアターは『ニューヨーク・タイムズ』紙によって「大胆にして壮麗」と評された。世界で5番目に大きいシェイクスピア・フェスティバルは毎年30万人以上の観光客を集めている。この建物には、2つの劇場、制作部門、稽古場がある。大ロビーでは、ジョン・クインシー・アダムズ・ウォードの制作したウィリアム・シェイクスピア像があたりを睥睨している。

1911年	1913年	1960年
フランスのミステリー作家ガストン・ルルーは『オペラ座の怪人』を執筆する。	アメリカ初のクロスワード・パズルが『ニューヨーク・ワールド』紙の週末補遺に掲載される。	イギリスでは、オールドバラのジュビリー・ホールで、シェイクスピアの喜劇にもとづいてベンジャミン・ブリテンが作曲したオペラ『夏の夜の夢』が初演される。

州では、アデレード・フェスティバルが2000年にはポップ・ミュージック、ロック関連、パントマイム、シットコム（連続放送コメディ）の人気者を集めて「星空のもとのシェイクスピア——ウィリアム・シェイクスピア台本」と題するプログラムを組んだ。

2000年という年はウィリアム・シェイクスピアが誕生して436年目にあたるが、おそらく劇聖のお気に召した1年となったのではないか。南アフリカのスタンダード・バンク・ナショナル・アーツ・フェスティバルでは『アントニーとクレオパトラ』が上演された。イタリアのタオルミーナ・アート・フェスティバルでは『オセロー』があった。パリ・オータム・フェスティバルでは『ハムレット』、『尺には尺を』、『夏の夜の夢』が上演された。アヴィニョン・フェスティバルでは『テンペスト』、『ヘンリー4世』、『リチャード3世』が見られた。スペインのアルマグロの国際古典演劇フェスティバルでは『ジュリアス・シーザー』と『じゃじゃ馬ならし』がポスターをにぎにぎしく飾った。一方、バルセロナ・サマー・フェスティバルでは『ハムレット』と『マクベス』が優勝を争った。ハンガリーでは、恒例のツァンベック・サタデーズ・フェスティバルでシェイクスピアを取り上げている。トルコでは、イスタンブール国際演劇フェスティバルで現代のトルコに設定を置きかえた『ロミオとジュリエット』が上演された。

毎年、世界中のどこかで、シェイクスピアが大繁盛しているのである！

セントラル・パークでの『ヘンリー5世』のPR用ポスター

《本日の公演：『ハムレット』》

デンマークのエルシノアにあるクロンボー城には、『ハムレット』の上演だけをもっぱらおこなう唯一のフェスティバルを開催している。1937年にローレンス・オリヴィエとオールド・ヴィック・カンパニーによってなされた公演をもって開始、その後1938年にはドイツ人演出家グスタフ・グリュントゲンス (1899–1963)、1939年にはジョン・ギールグッドによる上演がなされた。1954年以降は、1978年にデレク・ジャコビ (1938–) が『ハムレット』を上演するまで、ひとつの公演もなかった。

人知れず馬跳びのゲームをはじめようとするハムレット

1684年	1740年	1756年
クロワッサンがウィーンではじめて焼きあがる。	「ルール・ブリタニア」の音楽が作曲される。	イギリス人技術者ジョン・スミートンはエディストン灯台再建の際、水溶性のセメントを発明する。

1590年から現在まで
「あんた、いい阿呆になれるね」
ジグ踊りのコメディアンとヴォードヴィリアン

「コメディアンになるとは、すなわち役者になることだ」とは20世紀最大のイギリスの道化役者マックス・ウォール (1908–90) の言葉。道化役者はシェイクスピア劇の中で悲劇の主人公に勝るとも劣らぬ重要な役だ。道化はおそらく人類が笑った最初の瞬間から存在してきただろうし、シェイクスピアの時代においてもっとも影響力を行使した人物は地元で上演された道徳劇での「道化」だったろう。なにしろ悪魔の尻を蹴りあげるような蛮勇の持ち主だったのだから！

リチャード・タールトン

リチャード・タールトン (?–1588) は、クイーン・エリザベスズ・メンの俳優の1人で、おそらく『ハムレット』で回想されるヨリックの原型となった道化役者。エリザベス朝の道化役者の中ではもっとも有名で、シェイクスピア劇の多くに霊感をあたえた人物だ。ウィリアム・ケンプ (?–1603) はクイーン・エリザベスズ・メンでタールトンの後継者だった。彼は観客を喜ばすためにせりふにくだらない冗談をまぜるので悪名が高かった。ハムレットが旅役者たちにあたえた忠告の元凶がケンプその人だったと考えられている！ ケンプはラーンスとスピード（ともに『ヴェローナの2紳士』）、ボトム（『夏の夜の夢』）、ドグベリー（『空騒ぎ』）を演じたが、彼の天才はあきらかにシェイクスピアの執筆段階に影響をおよぼしている。ケンプは無類の即興役者で、タールトンと同様、踊りも

「あんた、もう1回やる気？」
ドグベリーは「騒ぎ」が大きらい

《大向こうのゴシップ》

アメリカの道化役者ダン・ライス (1823–1901) とウィリアム・R. ウォレットは19世紀半ばにサーカスの巡業で、エイヴォンの劇聖の寄せ集めを朗読して回った。ウォレットが「おれの目の前にあるのは短剣か？」と吟じると、すかさずライスが「おれの目の前にあるのはビフテキか？よく焼けた面をおれの手に向けているな？」とやり返すのだった。

1855 年	1931 年	1957 年
イギリスでは日曜日の営業時間の変更に抗議してパブの客の間に暴動が起きる。	モスクワの病院がはじめて血液銀行を設立する。	ミュージカル『ウェストサイド物語』がニューヨークのウィンター・ガーデン劇場で開幕する。シェイクスピアの『ロミオとジュリエット』を下敷きに、レナード・バーンスタインが音楽を、スティーヴン・ソンドハイムが台本を書いた。

うまく、ロンドンからノリッジまでモリス・ダンスを踊りながら旅した。

1937年以降、ミュージック・ホールのコメディアンだったジェイ・ローリエ (1879–1969) は、オールド・ヴィックとストラットフォードでシェイクスピア劇の道化を数多く演じた。ジョージ・ロビー (1869–1954) はハー・マジェスティズ劇場でフォールスタッフ(『ヘンリー4世』、1935)を演じた最初で、おそらくは最高のミュージック・ホールの道化役者だった。批評家は「ただ天才であるばかりでなく、シェイクスピア時代のフォールスタッフの縁戚に連なる天才」であると評し、シェイクスピアを「エリザベス朝の昔に戻す」ことができると感嘆した。ロビー自身シェイクスピアのせりふの中の「ギャグ」にたいそうな感銘を受けて、「自分でギャグを作りだそうなどと大それたことを、なぜ生涯かけて努力してきたのだろうか」と思ったという。1957年には、イギリスのコメディアン、フランキー・ハワード (1922–92) がオールド・ヴィックでボトムを演じてい

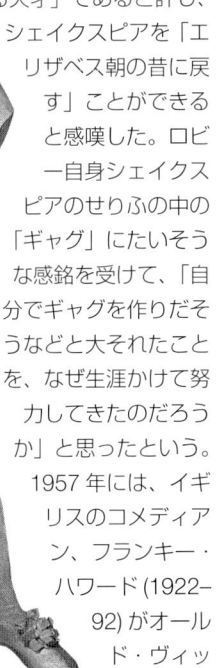

イギリスのコメディアンのシド・ジェイムズも劇聖と取り組んだ名優のひとり

る。ハワードの演技について、ある劇評家は「あのような役柄は、天才道化役者が自分の個性を役に付与するとき、生命を帯びてくる」ことを証明していると述べた。偉大なアメリカ人道化役者バート・ラー (1895–1967) も1960年にアメリカン・シェイクスピア・フェスティバルでボトムを演じている。

『お気に召すまま』(1767) でタッチストーンに扮したトマス・キング

《暴漢マクベス》

イギリスの喜劇俳優シド・ジェイムズ (1913–76) は、『キャリー・オン』シリーズへの出演で有名だが、『ジョー・マクベス』という題名の1955年生イリス映画版『マクベス』でバンキーの役 (バンクォー) を演じている。物語は、シェイクスピアの名を借りたギャング映画で、リリー・マクベスが夫のジョーに地元の暗黒街のボス、ダンカンを殺害して、なわばりを奪えと勧めるのである。

かならずしもすべての道化役者にとって、シェイクスピアがお気に入りだったのではなかったらしい。かつてチャーリー・チャップリンは「わたしはシェイクスピアが楽しいというふりをすることができない……なんだか学者の演説を聞いているような気分になるからね」といった。きっとチャップリンはまずい上演を観に行ってしまったのではないだろうか。

シェイクスピアの世界 115

1592年
ロシアの国勢調査では農民は地主の名前の下に記載される。農民は地主の奴隷とみなされていた。

1594年
イタリアの画家ティントレットが死去、自作「最後の審判」が架けられている教会に埋葬される。

1596年
トマトが観賞用植物としてイングランドにもたらされる。

1592年から1611年にかけて
こんちくちょう！ 松明でたたき落としてやろうか、このトンビ野郎！
侮辱するシェイクスピア

シェイクスピアは偉大な詩人、劇作家、作詞家、独創的な対話・性格描写・プロット・メタファーの創造者であったばかりではない。英語という言語の歴史に記録された侮辱の言葉をもっとも完成された形に練りあげた人物でもあった！

『十二夜』における侮辱の果たしあい

精妙に人をへこます言葉、また単に下品な物言いにかけても、シェイクスピアは一家を成している。ある統計によれば38編の芝居のなかにもの１万も異なった侮辱の言葉が出てくるという。侮辱の言葉をうまく使えば、軽蔑の気持ちを表すだけでなく博識であることも表せることをシェイクスピアは自覚していたのだろう。単純な悪口雑言から、徹底的に人格を破壊しつくすような非難にいたるまで、さまざまなののしりでどの芝居もあふれているのだ。読者諸賢が仇敵に向かって使えるように、ここでそのいくつかを紹介しておこう。「口先三寸の詐欺師」（『間違いの喜劇』第１幕第２場）、「この犬ちくしょう」、「肥溜めのはきだまり野郎」（『ヘンリー６世 第１部』第１幕第３場）、「出しゃばりで目ざわりなお邪魔虫」（『ヘンリー６世 第２部』第１幕第２場）、そして「水ぶくれで膨れあがった小包でぶ」（『ヘンリー４世 第１部』第２幕第４場）──これはわたしの個人的なお気に入り──。あるいはもうちょっと彫琢をほどこした表現がよろしければ。「ため息をつき、うめき声をあげる聖なる君主」（『恋の骨折り損』第３幕第１場）、「平穏なご時勢と長い平和に巣くう毒虫」（『ヘンリー４世 第１部』第４幕第２場）などはいかが？

ここで特殊な事情のもとで使用できる表現をい

《しっぺ返し》

女性用の表現をいくつか。'you poor inch of nature' が、どういう意味だかわかっても褒美はなし！「この金づち頭のデカ耳やろう」（『じゃじゃ馬ならし』第４幕第１場）、「ぶざまなディック（ペニスの意もあり）」（『ヘンリー６世 第３部』第５幕第５場）。以下は男性用。「みだらな小鹿、紡ぎ女」、「口のへらないがみがみ婆」、「男のふりした魔女」、「口の悪い悪党」（『冬物語』第１幕第２場、第２幕第３場、第４幕第４場）、「見下げはてた鬼婆」（『ヘンリー６世 第１部』第３幕第２場）。

1603年	1608年	1610年
ウォルター・ローリーが大逆罪で告発され、有罪宣告の後、投獄される。	チリではスペイン国王の王命によりチリ・インディオを奴隷にすることが合法化される。	フランスのアンリ4世は狂信的なカトリックの僧に刺殺される。

くつかあげてみよう。もし離婚を目前にしている場合には、「まず最初にすべきは、法律家を皆殺しだ。」(『ヘンリー6世 第2部』第4幕第2場)をお忘れなく。おしゃべりな人に困らされているときは、「これは愚か者のしゃべる物語、怒りと響きはすさまじいが、意味はまったくありはしない。」(『マクベス』第5幕第5場)と言ってやればいい。パーティの席で退屈な奴につきまとわれたら、「気がふれてないなら、おひきとりを。理性をお持ちなら、さあ手短に。」(『十二夜』第1幕第5場)と叫んでみてはどうだろう。もしも若者の一団が家の外で酔っ払って大騒ぎをしていたなら、「あなたがたの正気は、行儀は、まじめさは、どうされた？ 夜のこんな時間に鋳掛け屋のように騒ぎ立てるとは？」(『十二夜』第2幕第3場)と出て行って、文句言ってやったら——いや、まあ、そいつはあまりいい考えではなかろうね。

ご近所に浮ついたうわさをたててやりたいと思うときには、次のような一言を。あの女性は夫の腕にすがっているけれども、夫は「自分のいない間に妻の水門がこじあけられ、自分の池で隣人に釣りをされている」(『冬物語』第1幕第2場)と、ささやいてみたい誘惑にかられるのではないか！あるいは、上司が重要な会合を忘れたとしたら、「あだすはあんだのどたまに尿瓶をぶっこわすです、約束も会見もなあんもすっぽかすたんだすから。」(『ウィンザーの陽気な女房たち』第3幕第1場)が最適だろう。

もし今度、同僚に小言をいわれたら、「おまえは心のうちに千本もの短剣を隠しもっている、それをおまえの石の心臓で研ぎ澄まし、わしの残された半時間の命を刺しつらぬいている。」(『ヘンリー4世 第2部』第4幕第5場)と答えては？

《大向こうのゴシップ》

シェイクスピアの創造した最長の侮辱のせりふは『リア王』に表れる。グロスターの城の外でオズワルドに出会ったケント伯が述べるせりふだ。「ごろつき、悪党、残飯あさる召使、卑しく、傲慢で、浅薄な、極貧の、年3着のお仕着せの、年に百ポンドの、汚らしい、羊毛の靴下やろう、臆病な、裁判ざたに頼る下郎、私生児、鏡ばかり見てめかしこみやがって、おせっかいな、気取った悪漢、遺産がかばん1個に入る奴隷、女衒稼業をまっとうな商売と思いこみ、要するに臆病者、女衒、雑種のメス犬の息子にして相続人をひっくるめてひとつにしたやろうだ、その肩書きにどれひとつでも否定しようものなら、ぶんなぐって、大泣きさせてやるぞ」(『リア王』第2幕第2場)。

オズワルドに遠慮会釈なくものをいうケント伯

「お気をつけください、王様、こいつら悪意を抱く魔女ですぜ！」1989年のENOの『リア王』

1594年
ドイツでは、ミュンヘンの教会音楽の大家オルランド・ディ・ラッソ（ラッスス）が死去する。「天才オルランド」と称され、モテットと歌曲に秀でていた。

1596年
イギリスの劇作家ジョージ・チャップマンの『アレグザンドリアの盲目乞食』がロード・アドミラルズ・メンによってローズ座で上演される。

1598年
フランス国王アンリ4世は「ナントの勅令」を発布して、プロテスタントに信仰の自由を認める。

1592年から1610年にかけて

お〜、愛の言葉
乗りまくってますね、恋の詩人

　シェイクスピアは侮蔑の念や嫌悪感を言葉にする以上に、愛と欲望を表現するのに長けていた。革新的な表現方法をつねに探究していた彼の心には、「言葉の描きだす画像」が浮かんでくるのだ。そこでは、恋心を炉や炎や稲妻や雷にたとえたり（地球が恋する人のために動くものか）、いやあるいは戦争や攻囲にたとえたり（これはまあ、よくある状況だが！）といったような慣習的な比喩ばかりでなく、恋心が生みだす感情や行為の深みを描くことで愛の本質に触れることができたのである。

　いいかい、シェイクスピアは臆面もなくポチャポチャとしたキューピッド小僧の力を借りているのだ！「君は恋人だ、キューピッドの翼を借りて、並みの跳躍以上に高く飛んでみせたらいい」（『ロミオとジュリエット』第1幕第2場）。「恋は目ではなく、心で見るものなのね。だから翼のあるキューピッドは盲目の姿に描かれるのよ」（『夏の夜の夢』第1幕第1場）。彼は恋と詩とある種の狂気とに何らかの関係があることに気づいていた。だから恋は快楽だけでなく苦痛ももたらすというわけだ。彼が次のように書いたとき、あるいは自画像でもあったのだろう——「狂人と恋人と詩人はみな想像力からなりたっているもの。狂人は広大な地獄に入りきらないほどの悪魔を目にするもの、……恋人はジプシー女の浅黒い額にもヘレナと見まごう美人を見る。……詩人のペンはこうしたものに確固とした形を与えるのだ」（『夏の夜の夢』第5幕第1場）。

　愛は食物の比喩をとることもある——「君は私の心にとって食物と生命のような関係だ」（「ソネット第75番」）。あるいは、愛はつまらぬ物体への嫉妬心をかきたてるものでもある、愛する人の

「ねえ、あんた、すてきよ。でもママは許してくれそうにないわ！」『夢』で抱きあうタイテーニアとボトム

1599年	1600年	1601年
詩人エドマンド・スペンサーが死去する。エリザベス1世に献呈された7巻の詩『妖精の女王』によって記憶される。	バルバドスではスペイン人がサトウキビ栽培農場で新しい酒（ラム酒）の製造をはじめる。	ドイツ当局は多くのバーデストゥーベン（売春宿）を性病の蔓延を防ぐために閉鎖する。

それほど言葉はいらないことに気づくベネディックとベアトリス

身近にいられるというだけのことで──「見ろ、彼女が手に頬をよせている！ ああ、あの手袋になりたい、そうすれば彼女の頬に触れられるのに！」（『ロミオとジュリエット』第2幕第2場）。愛は、病気にも、猛威をふるう熱病にも、傷ついた心にも、暴飲暴食にもたとえられる──「もし音楽が恋の糧であるならば、やめずに奏でてほしい、たらふく味わわせてほしい、そうすれば胸がやけて、食欲も衰え、やがて死ぬだろう」（『十二夜』第1幕第1場）。また、愛は欲の深い子どものようなものだ──「手にするものをみんな欲しがって……いたずらな赤ん坊のように、乳母を引っかいては、すぐにおとなしくなって、その鞭にキスしたりする！」（『ヴェローナの2紳士』第3幕第1場、第1幕第2場）。このような心理状態を分析しようとして、あまたある心理学の学派が誕生してきたのである。また、精神分析医の飯の種となってきたのである。

《月につきあってはいけません》

月の効果についても触れるのを忘れてはなるまい。6月の夜空にかかる月であれ何であれ、心の琴線にそっと優しく触れるあの銀の月を（おお～っと、我ながらシェイクスピアに負けないくらいの比喩）──「いけません、月にかけてお誓いになるなんて、不実な月は夜ごと天界で姿を変えるもの、あなたの愛が同じように変わりやすくては困ります。」（『ロミオとジュリエット』第2幕第2場）。

月の光が明るすぎて。巨大な肉食性の蛾が生まれる晩

《大向こうのゴシップ》

シェイクスピアは愛と欲望の違いについてよく理解していたばかりではない（79ページ参照）。彼は男性の不埒な性についても精通していたと思われる──「泣かないで、乙女たち、泣かないで、／男は生来浮気なものだから、／一方の足を海に入れて、もう一方は浜辺に、／ひとつことに忠実ではいられないの。」（『空騒ぎ』第2幕第3場）。

シェイクスピアの世界　119

1592 年
モロッコのサルタン、ムライ・アフメド・アルマンスールはイングランド女王エリザベスから提供された 8 千頭のラクダと武器でソンガイ族を侵略するために、4 千人の傭兵とイスラム教への改宗者を派遣する。

1595 年
故クリストファー・マーロウの『カルタゴの女王ダイドー』がトマス・ナッシュによって完成される。

1599 年
フランスの政治家シュリーは「道路管理官」を設置、道路整備をはじめる。

1592 年から 1610 年にかけて
「汚らわしい行為にまとわりつく不浄」
呪文、凶悪な堕落、邪悪な腐敗

エリザベス朝に特有の悪の観念はきわめて恐ろしげなものだった。異教信仰、地獄の業火、天罰、グリーン・マンのようなグロテスクな登場人物、生贄にささげられる動物といった中世的な発想によって焚きつけられて、倫理的に健全ではない生活を送る人々にとって身の毛もよだつ恐怖の種はいたるところに潜んでいた。アングロサクソンの教会でさえ異教の儀式を援用する形でオカルティズム（神秘主義的な祈祷）をとりおこなった。依然としてエクソシズム（悪魔払い）も行われていたが、それは悪鬼を追い払うばかりでなく――「金銀財宝が招くのであれば、鐘と聖書とろうそくをもって破門されようとも、後ずさりはできません」（『ジョン王』第 3 幕第 3 場）――、田畑を豊穣にし、ネズミを追い払い、いや雨を降らせるためでもあったのである！

「おお、助けて、ヒューバート。助けて！」（『ジョン王』第 4 幕第 1 場）

《火刑の捧げもの》
『ヘンリー 6 世 第 1 部』においてベッドフォードは「これよりフランスに参つかまつり、かがり火焚いてわが守護神の聖ジョージの祝日を祝うことにしよう」（第 1 幕第 1 場）述べる。彼はのちに行われることになるジャンヌ・ダルクの火刑に言及しているのである。これは当時あにりにも普通に連想されたメージである。「魔法」冒瀆、あるいは大逆罪をする際の恐ろしくも野蛮刑罰だった。

シェイクスピアは悪行と恐怖と罪業を投影し描写するためのありとあらゆるイメージへとアクセスが容易にできたのである。黒という色彩は彼のお気に入りだった――「黒いうわさや醜悪なる誹謗中傷がつきまとうのであれば」（『リチャード 3 世』第 3 幕第 7 場）、「おまえは私の目を胸の奥に向けさせて、そこに真っ黒に染みついた汚れが見える」（『ハムレット』第 4 幕第 3 場）。このイメージは『オセロー』において格別の展開を見る。もちろん主人公は黒人のムーア人である。黒という語はもっぱら卑劣漢イアーゴーの口にのぼる――「悪魔が暗黒の罪に誘うとき……彼女の美徳

「きつく！ もっときつく！ そう、その調子！」
SM 風のリチャード 3 世とブラッケンベリー

1600年	1606年	1610年
ローマで、自然哲学者にして僧侶のジョルダーノ・ブルーノが生きたまま火刑に処される。太陽が宇宙の中心であるという地動説と世界の無限性を唱えた宇宙論が異端とされた。	フランドルの画家ピーテル・パウル・ルーベンスはジェノヴァで「キリストの割礼」を制作する。	ヴァージニア州ジェイムズタウンで、冬期の困窮の中、妻の死体を食したとして男が死刑に処される。

を真っ黒に塗りこめてやる」(『オセロー』第2幕第3場)。(まさにぞっとする口の利き方では?)後になってオセローは妻デズデモーナが不実を働いたと信じこまされると、こう嘆くのである──「彼女の名は月の女神ダイアナの顔色のように清らかだったはずなのに、すっかり汚れ黒ずんでしまった、おれの顔のように」(『オセロー』第3幕第4場)。

悪はまた疫病であり、感染症であり、ウィルスでもある。「腐敗」はこれまたお気に入りの語だが、じつに見事に用いられている。リアがゴネリルに向かってののしる際に、「おまえはわしの腐敗した血にできた腫れ物、おでき、膿んだ吹き出物だ」(『リア王』第2幕第4場)と叫んだのは、疫病が蔓延することのあった時代になんと適切であったことか。罪には、悪疫のごとくに、ことごとく悪臭がつきまとう──「さあ、みんな立ち去ろう、この屠殺場のような不浄の悪臭に我慢ならぬ者どもよ、おれはこの罪の臭いに息がつまりそうだ」(『ジョン王』第4幕第3場)。ジョン王自身の怒りは「醜悪な腐敗」(『ジョン王』第4幕第2場)が流れ

『オセロー』のローレンス・フィッシュバーンとケネス・ブラナー

だすと表現されるほどだ。シーザー暗殺の報に接したアントニーは、「この卑劣きわまる行いは地上高く悪臭を放つだろう、埋葬してほしいとうめき声をあげる腐肉とともに」(『ジュリアス・シーザー』第3幕第1場)。そしてむろんのこと、もっとも名高い名せりふのひとつに、邪悪のまきちらす腐臭に言及した、「デンマークの国では何かが腐っている」(『ハムレット』第1幕第4場)がある。

シェイクスピアは悪臭にはことさらに敏感だったようだ。彼はばらの花が好きだった。かりに枯れてもばらの香りはかぐわしいが、「白百合は腐れば雑草にも劣る悪臭を放つ」(「ソネット第94番」)。

《大向こうのゴシップ》

シェイクスピアが誕生してから3日たった4月26日まで洗礼を受けるのを延期されたのは、縁起を担いでのことだという説がある。伝統的に、4月25日の聖マルコの日は不吉な日とされ、「黒十字架の日」と呼ばれていた。「十字架や祭壇には黒い布がかけられ、その年の内に死亡する定めの人の霊が一団をなして、墓地を徘徊した」という報告がなされた。

《鋤こそ物の上手なれ》

シェイクスピアは中世後期に流行した土俗劇の一例である「鋤月曜日劇」から霊感をえたのではなかろうか。これらのうちのあるものは今日でもイングランドの地方によっては上演されることがある。「鋤月曜日劇」は短く暴力的な無言劇で、登場人物には狂人、ベルゼブル(悪魔)、老婦人、若い女性、彼女の求婚者となる若い男性がいた。

シェイクスピアの世界　121

1564年
イタリアの楽器製作者アンドレア・アマティはクレモーナでヴァイオリンのデザインをして、製作する。

1593年
イギリスの海軍提督サー・リチャード・ホーキンズは壊血病を防ぐ手段としてオレンジかレモンのジュースを飲むように勧める。

1600年
密輸業者が7粒のコーヒー豆を盗んでインドに運送、アラビアのコーヒー栽培独占を打破する。

1564年から1616年にかけて
「もし健康食品が恋の糧であるならば……」
飢饉、二股の大根、そそる女性

　食物はだれの生活においても本質的な役割をはたしているが、シェイクスピアにとっても登場人物の性格や野心を描くための格好の手段となっている。食物や食事のイメージを人間の感情の種々相をあらわすためにうまく利用したのである。今日のわれわれはそうしたイメージを用いることに慣れ親しんでいるけれども、それは食物のイメージが文化遺産の一部となりおおせていることを示すものだ。

じゃじゃ馬ケイトを馴らそうと、ペトルーチオと友人たちがとる軽い朝食（彼女をうまくものにできなくても、コレステロール値だけは高くなりそう）

　1595年の間には猛烈な嵐と洪水が襲い、収穫に惨憺たる影響をあたえた結果、食料の窮乏が引き金となって反乱が起きた。最悪の被害を引きおこした1594年の夏の直後、シェイクスピアは次のようなせりふを書いている──「……風がまるで復讐心にかられたように有毒の霧を海から吸いあげて、陸に降らせたので、つつましい川までが傲

　味覚と嗜好とは隠喩的表現を生みだす触媒の働きをしている。よく盛大な宴席に関する記述を目にするけれど、エリザベス朝の人々は日々の生活ではきわめて限られた範囲の食物を口にすることしかできなかった。どんな産物も1年のある時期やある季節にしか手に入らなかった。フルーツやスパイスは輸入されることも多かったが、なかなかロンドン以外の地方までは届かなかった。漁業は沿岸地帯や河川の流域にほぼ限定されていた。植民者ウォルター・ローリーが持ち帰ったものといえば粗末なジャガイモくらいだった（おっと、タバコも忘れてはいけないが）。冬になれば塩漬けの肉と相場が決まっていて、せいぜいカブをデザートにくわえる程度だった。1592年と

《洋梨への羨望》

　「すもも」（『ヴィーナス』527行）、「鮭の尾」（『オセロー』第2幕第1場）、「しなびた洋梨」（『終わりよければすべてよし』第1幕第1場）、「薬味の巣（＝不死鳥の巣）」（『リチャード3世』第4幕第4場）はいずれもシェイクスピア流の女性性器の呼び名である。一方、「根」（『マクベス』第4幕第3場）、「ジャガイモの指」（『トロイラスとクレシダ』第5幕2場）、「フランドルの梨」（『ロミオとジュリエット』第2幕第1場）は男性性器を表している。ただしそのサイズに関してはまちまち。「3インチのあほう」（『じゃじゃ馬ならし』第4幕第1場）から「1ヤード」（『恋の骨折り損』第5幕第2場）まで、劇中の誰のせりふかによって異なっている。しかし、古来人の言うごとく、「肝心なのは器の大小ではなし(梨)」！

1604年
フランスでロワール川とセーヌ川を連結する運河の建設がはじまる。

1610年
イタリアの画家カラヴァッジョがマラリアで死去する。最後の4年間はローマで起こしたけんかで人を殺したことから指名手配され逃亡生活を送っていた。

1615年
コインを入れてばら売りのタバコを買う自動販売機がイギリスの居酒屋に置かれる。

「はい、アルデンテにゆでたカブをどうぞ召し上がれ。デザートにはカブのお菓子よ」

慢になり、陸地の堤防を踏みこえた、……緑の麦はその髭も生えそろわぬうちに腐りはて、泥の海と化した野原には羊の囲いだけがむなしく残され、カラスが家畜の死骸に群がってぶくぶくと太る始末」（『夏の夜の夢』第2幕第1場）。

　食物のイメージはシェイクスピアの芝居と詩編のいたるところに現れている。初期の作品では過度の道楽を表現しようとして、あからさまにこのイメージを使っている――「……甘すぎるものを食べ過ぎると、胃がむかついて吐き気をもよおすもの」（『夏の夜の夢』第2幕第2場）。フォールスタッフがシャロー判事のことを、「頭んとこにナイフで妙ちくりんな刻み目を入れた二股の大根」と呼んだせりふもある（『ヘンリー4世第2部』第3幕第2場）。アントニーに溺愛されるクレオパトラは、「満腹になればなるほどもっと食べたいと思わせるような」神々に捧げた食物と表現されている（『アントニーとクレオパトラ』第2幕第2場）――なんと官能的なせりふであることか！　ロンドンで成功をおさめたシェイクスピアが消化に悪いほど豪奢な食事をたらふく食った経験が芝居の中で言及されていると考えていいかもしれない――「腐った食糧をたいらげるのにきっとお手伝いをしたんでしょう。ご立派な美食家、食欲にかけては人に負けないのだから」（『空騒ぎ』第1幕第1場）。

> **《大向こうのゴシップ》**
>
> 　放屁は今日と同様シェイクスピアの時代にあっても笑いを誘うものであった。「ラズベリー」と英語では言うのだが、不満の意を表すために平土間の観客が「ブー」という音を発することがあった（現代に復活させてもらいたい慣習のひとつだ）。道化役者がこうはじめる：「どうもこの話におうぞ」。音楽家がこう答える：「いったい何がにおうんだい？」答えはこうだ：「何って、あんたの管楽器でドカンと一発ぶちかましたなってことよ！」

クレオパトラに扮したエリザベス・テイラー。食べれば食べるほど、ますます食欲を昂進させる、神々のための極上の料理

123

1735 年
イギリスの画家ウィリアム・ホガースは「放蕩者の遍歴」と題する連作版画を完成する。

1750 年
イギリスのポルノ小説家ジョン・クリーランドは『ファニー・ヒル、快楽を追う女の回想記』を執筆、その後 250 年にわたって好色文学の古典となる。

1753 年
ロンドンの医師サー・ハンス・スローンが 5 万巻の蔵書、数千冊の写本、貨幣、骨董品、絵画を国に遺贈したことから、大英博物館が生まれる。

1730 年から 1900 年にかけて
「言葉の比喩より、内容が大事」
這いまわるハムレット、歯をむく枢機卿

　劇聖崇拝熱はなにも演劇や文学の世界に限った話ではない。シェイクスピア作品は、とくに 18・19 世紀には、膨大な量の絵画も生みだしたのだ。ある資料によれば、シェイクスピア劇に霊感を受けたり取材したりした絵画の数は、1750 年と 1900 年の間にイギリスにおいて文学を題材として制作された絵画の総数の 5 分の 1 を占めているという！

ダニエル・マクリースの絵画。芝居を見ないで、クローディアスに注意を向けるハムレット

　20 世紀以前には、諸芸術の間の交流はずいぶんと盛んだった。役者たちや画家たちは批評家並みの鑑識眼があるものとみなされていた。絵画、版画、書籍のイラスト、絵葉書が流行をきわめ、文学を素材にして描かれた絵の人気が高まった。これらは架空の状況や登場人物を描いているわりには「歴史絵画」(ヒストリー・ペインティング)という名称で呼ばれ、シェイクスピアの劇を大衆に広めるのに一役買い、また役者や演出家にも影響をおよぼしたのである。有名な一例に、ダニエル・マクリース (1806–70) の「劇中劇の場のハムレット」(1842) があるが、そこでは床に寝そべったハムレットが身をよじってクローディアスを注視している様が描かれている。1856 年のチャールズ・キーン (1811–68) の『ハムレット』公演では、まさにこの図のままに再現されたのである！ 地べたに這いつくばったハムレットの最初のモデルはそのキーンの父親の名優エドマンド (1787–1833) だったといわれている。マクリーディ (1793–1873) も 1823 年に同様の演技をおこなった。1870 年のエドウィン・ブース (1833–93) を経由して、1874 年にはヘンリー・アーヴィング (1838–1905) で再度見られた演技である。

《ここから連れだして！》
　一見したところシェイクスピア関連の絵画で最悪なのは、ジョージ・ロムニー (1734–1802) の「テンペスト」(1790) で、船の難破の場面が描いてある。海の情景は真に迫ったところが皆無、人物描写はまるで生気がない。ミランダはあらぬ方角を見ている上に、プロスペローにいたっては誰かがロープでも投げて自分を連れだしてくれないかとでもいうように、絵の上のほうを見上げている始末だ！

1756 年
時にゲストとヌードで食卓を囲んだ美食家リシュリュー公爵はマヨネーズを考案する。卵黄、酢かレモン汁、オイル、調味料を混ぜ合わせた。

1871 年
バンクホリデー（一般公休日）法が議会を通過する。第 1 回のバンクホリデーは同年 8 月だった。

1876 年
ヘンリク・イプセンの『ペール・ギュント』がエドヴァール・グリーグの音楽付きでオスロのクリスチャニア劇場で上演される。

最後に、といって最小というわけではないのだが、1953 年にリチャード・バートン (1925–84) までもが同じように演じたのである！

劇聖の作品を絵に描いた有名な画家には、「『テンペスト』の情景」(1730–35) のウィリアム・ホガース (1697–1764) がいる。ウィリアム・ブレイク (1757–1827) もたくさん描いたが、「獄中のリアとコーディリア」(1778–80)、「オーベロン、タイテーニア、パック」(1785) などのほかに、死後 200 年も経っているからさぞかし難しかったろうに「シェイクスピアの肖像」(1800–03) まで残している。サー・ジョシュア・レノルズ (1723–92) が「ボーフォート枢機卿の寝室」(1780 年代) で描いたのは、『ヘンリー 6 世第 2 部』で、ウォリック伯が「見よ、死の苦痛で顔をゆがめ、歯をむいているようだ」と述べる場面（第 3 幕第 3 場）である。絵の中の枢機卿はたしかに歯をむいて大笑いしているようにも見える——ことによるとグロスター公の死に自分が関与した役割のせいかもしれない。シェイクスピア絵画を制作した、もう少し後の時代の画家には、「ハムレットとオフィーリア」(1858)、「オフィーリアの狂気の兆し」(1864)、「レイディ・マクベスの死に関する習作」(1875) などのダンテ・ゲイブリエル・ロセッティ (1828–82) や、「リア画集」(1843–44)、「ロミオとジュリエット」(1867)、そしてもちろん 1892 年のヘンリー・アーヴィングの『リア王』公演を絵に描いたことで知られるフォード・マドックス・ブラウン (1821–93) がいる。

> **《大向こうのゴシップ》**
>
> おそらくシェイクスピアの登場人物を描いた絵画で一番有名なのは、サー・ジョン・エヴェレット・ミレー (1829–96) の「オフィーリア」(1851–52) だろう。しかし当時は必ずしも好評を博したわけではなかった。オフィーリアが「異常な植物」に囲まれて窒息しているようだと非難されたのである。しかしミレーはこの作品に取りかかる前に植物学を勉強して、「眠りをいざなうケシの花」や「若死に」を表す「スミレ」を描きこんでいるのである。この絵を気に入らなかったある批評家にいわせると、彼女の「口が……なんだか喘いでいるよう」に見えるらしい。

ロンドンのテイト・ギャラリーに展示されるミレーの「オフィーリア」(1851–52)。完璧な植物の研究の跡が

222 年頃	698 年頃	1040 年
呉の国で錬金術師が硫黄と硝石を適切な温度で混合させると爆発することを利用して火薬を発明する。	リンディスファーン福音書が書かれ、装飾をほどこされる。	スコットランドの若き国王ダンカン・カンモーは、王をインヴァネスに招いた貴族たちの手で殺害され、モーリーの領主マクベス（またはマルベース）が後継者となる。マクベスは 1057 年まで統治する。

200 年から 1600 年にかけて
具合が悪いって？ そいつは天王星のせいだ
天文学、天体と疾病

　クレオパトラが「おお太陽よ、おまえの動く偉大なる天球を燃やしつくすがいい！」（『アントニーとクレオパトラ』第4幕第15場）と叫んだとき、彼女の念頭にあったのは（当時すでに）旧弊な考えだった太陽が地球の周りを回転しているという天動説だった（むろんのこと、それはまちがいであるけれども）。だがもし彼女が「おお太陽よ、おまえの回りを楕円の軌道で周回するとても小さな惑星を燃やしつくすがいい！」といったとしたら、ずいぶんと感じが異なっていたことだろう。

自分自身も燃やしつくしてしまいそうな勢いのクレオ

　エリザベス朝の頃にはイタリアからニコラウス・コペルニクス (1473–1543) の提唱した最新の地動説が入手できる状況だったが、シェイクスピアは旧来の発想を捨てるのに忍びなかった。宇宙の規模に比例させて人間の感情や行動を描こうとする際に、天動説は目もくらむようなメタファーを提供してくれるからだった。彼の作品には、太陽への言及がおよそ80回もあり、星への言及は50回におよんでいる。しかし月については10回程度しか触れられていないが、その中にはヒポリタが新月の宵に当たる婚礼の期日を待ちきれないと謳う、筆者お気に入りの一節がある——「4日

4日4晩は夢のうちにすぎましょう。5日目に髪を洗おうと思います

などあっという間に宵闇に溶け、／4晩は夢見心地のうちに速やかに過ぎ去ることでしょう。／そして月は天に振り絞られた銀色の弓のごとくに、／私たちの厳粛な儀式の晩を／見届けてくれることでしょう」（『夏の夜の夢』第1幕第1場）。現し世の夢に誘われるような名せりふではないか？

　コペルニクスは、天界が地球の周囲を回っているというプトレマイオス（2世紀中頃）の天動説を検証、それがやや不正確な発想ではないかと修正を試みた結果、天体の回転に関する考え方が逆であることを観測して発表したのである。不幸なことに教会は巨額

1372年
ローマ教皇庁は紀元前46年以来使用されていたユリウス暦を、1年の長さが11分15秒毎年長くなるという理由で、訂正するよう天文学者に依頼する。しかし天文学者はその修正をする前に死亡してしまう。

1488年
ポルトガルの航海者バルトロメウ・ディアスはアフリカ南端を周航、岬に石柱を建て、のちに喜望峰として知られるようになる。

1589年
クリストファー・マーロウの『マルタ島の裕福なユダヤ人の名高き悲劇』が初演される。

の資金をプトレマイオスの理論につぎこんでいたため、これを認めず、コペルニクスを殺すと脅す始末だった。ガリレイ(1564–1642)は木星の4つの衛星を発見、やはり教会と衝突した。彼は地動説の撤回を求められたが、背中で指を十字に組んだ（幸運を祈った、の意）ため、無事に難を逃れることができた。科学の歴史は措くとして、シェイクスピア時代の「天体」は空に輝く光以上のものであった。エリザベス朝の人々はあらゆる問題を解決するのに宇宙を頼ったのである。薬草の採集ですら天球の動きに合わせてなされたほどである。惑星のもたらす「力」が、占星術や超自然への信仰とあいまって、病気の診断や治療に役立つものとされた。たとえば、占星術にいう火星と土星の合はシェイクスピアの生涯の間にイングランドを襲ったペストを引きおこすと信じられていた。日食や月食は最悪の事例だった。自然の大災害や絶滅をもたらすものと考えられたのである。『リア王』でグロスター伯がエドマンドにいうとおりである――「近頃の日食と月食のおかげで、災いが起きるやもしれぬ……愛は冷め、友情はひび割れ、兄弟は反目する」（第1幕第2場）。

コペルニクスの宇宙観。ディープ・スペース（宇宙の外の空間）に人間が座っている

《その鼻のわけを知ってるはな？》

デンマークの天文学者ティコ・ブラーエ(1546–1601)は奇妙な鼻の持ち主だった。学生時代に、ちょうど今の学生と同じように、酔っ払ってけんかに巻き込まれ、鼻の一部を失う羽目になった。科学者とはいえ、立派な整形手術のなかった当時のこと、またさほど容姿を気にかけなかったものか、付加物をロウと金と銀で作りあげたのである！

破壊された鼻の持ち主だが、そのわりに幸運そうな顔立ちのブラーエ氏。カシオペア星雲に超新星を発見した

シェイクスピアの世界　127

1454 年	1500 年頃	1519 年頃
ヨハネス・グーテンベルクは大規模な印刷工場をマインツに設立し、1文字1本の活字を用いて聖書を印刷する。	ヴェニスのガラス職人が無色透明なクリスタル・ガラスを製造する。	スペイン人フランシスコ・ピサロはインカ帝国の皇帝アタワルパを捕え、身代金として3千万ドル相当の金銀を受け取り、その後彼を絞首刑にする。

1450 年から 1700 年にかけて
苦しめ、悩め、倍の倍
魔法、肉欲、おしゃべり悪魔

シェイクスピアの生きた時代には、魔法や超自然にたいする信仰がなお根強かったうえ、魔女狩りは人気を博していたとはいえないまでも、ごく普通に見られる習俗のひとつだった。シェイクスピアも時代の子ゆえに、そのような現象をイメージとして本腰入れて活用したわけである。しかも彼には類まれな仲間がいた。時の国王ジェイムズ1世は3巻もの『悪魔論』を著した人物だが、シェイクスピアが『マクベス』で魔女の素材として利用したのは間違いないところである。

シェイクスピアは迷信や超自然への信仰を利用したが、とくに『リア王』の中で劇的機能をになわせたのは顕著な例にあげられよう。リア王は娘たち全員に呪いの言葉を投げかけるのだが、実際のところ芝居の最後にはみながみな死亡してしまうのである！ さらにいえば、『リア王』に見られる嵐は現実のものだが、一方で王の心の中の動揺を投影するものでもある。王が娘たちに復讐を誓うや、卒然と嵐が沸き起こるのである──「この魔女め、／おまえら2人にきっと復讐してやるぞ、／……地球上の人々が震え慄くような復讐をな」（第2幕第4場）。嵐は大地を揺り動かし、同時にリアの心中で猛威をふるう──「心の中の嵐はわしの五感を奪いとってしまった、このズキズキする痛みをのぞいてな」（第3幕第4場）。リアとともに荒野をさまようエドガーは、グロスタ

《大向こうのゴシップ》

1247年に修道院として建てられ、1403年にイングランドで最初の精神病院となったのがベツレヘム王立病院だった。1547年にはヘンリー8世がベツレヘム病院の業務をロンドン市に委託し、その後「ベドラム」の通称で知られるようになった。こうして心の病に悩む者が一般に「ベドラムのトム」と呼ばれるようになったが、『リア王』に登場するエドガーがこの名を自称するのは周知の通りである。

1543年
コペルニクスはローマ教皇庁に反逆して、惑星が太陽の周りを回っていると主張する。

1692年
マサチューセッツ州セイラムで数百人の無実の人が魔法を使ったとして有罪にされる。

1700年
ウィリアム・コングリーヴの『浮世の習い』がロンドンのリンカンズ・イン・フィールズ劇場で上演される。

一の姿を見ると、「こいつはおしゃべり悪魔だ、晩鐘が鳴ると起きだして真夜中すぎまでうろつきまわる、……奴のせいで兎唇が生まれ、実った麦にはカビが生え、土中の虫がいじめられる。……苦しめないでほうっておけ、その誓いを守って、さっさとあっちへ行け！」（第3幕第4場）と叫ぶのである。

　魔女が女性だったのは、ある意味で男性より女性のほうが精神面に弱さがあり、悪魔の誘惑に乗りやすいと（男性から）みなされていたことにもよる。そしてまた妄想にふける聖職者たちが汗をかきかき（夜半すぎに粗野な寝具の下にもぐりこんでは）ささやき合っていたように、女性のほうが飽くことなき肉欲にとらわれており、それこそが魔法の紛うかたない証拠とされたのである！魔女というのは、白魔女か悪魔崇拝者（より正確

《登場人物表》
シェイクスピアはエドガーのせりふを書くにあたり、狂気の中にもすばらしいことばを語らせている。大道芸人の客寄せの口上に近いものをしゃべらせている──「ピリコックの息子はピリコックの丘の上、ハルー、ハルー、ルー、ル！」、「あんたの五感を大事におしよ！トムは寒いよー、オー、ブル、ブル、ブル、……哀れなトムに恵んでやっておくんなせえ」（第3幕第4場）。聞いているとなにかそのその気になってくるような名調子だ。しかし彼は悲惨な状況下でリアに賢明な忠告を与える唯一の人物だ。まさに狂気の中にも理性があるのだ。

には異端者と呼ばれるべきか）だった。各々が白魔術（善意の魔法）か黒魔術（悪意の魔法）をかけることができた。白魔術は火刑にされることがさほど多くなかったため、こちらの方がより人気の高い生業だった。産婆はしばしば魔法を使ったとして告発されることがあったが、それはほかの女性の体内から赤ん坊をとりだすからで、これが世の聖職者にとって魔女であることの動かぬ証拠となったのである！哀れにも、ある女性が告発を受けたとすると、告白されるまで拷問にかけられ、その後処刑された。あるいは、即座に告白した場合には、即刻処刑とあいなった。まったくもってフェアなやり方ではある!?

「きれいはきたない、きたないはきれい。霧と汚れた空気をかきわけ飛んでいこう。」1986年のRSC公演の『マクベス』の魔女たち

魔女いわく、この暴風雨にゃマック（レインコート）は役に立つまい

シェイクスピアの世界　　129

1113年	1303年	1405年
ロシアのノブゴロドの聖ニコラス教会は、たまねぎ形の丸屋根をもつギリシャ正教風建築様式の先駆となる。	アヴィニヨンとローマに大学が創設される。	ウズベキスタンの国民的英雄にして、「世界の征服者」(のちにマーロウの叙事的な劇に霊感を与える)として知られる隻脚のティムール(タンバレン)が「ラクダのように泡を吹きながら」69歳で死去する。

1100年から1850年にかけて

まかせなさい、私は医者だ……
(ちょうど特効薬をもっているよ!)

　『リア王』がもし当時有力だった考え方を反映する芝居であるならば、ケント伯は医者に病室に立ち入ることすら認めなかったことだろう。歴史的に見て、医学はきわめて危険な生業であったといわざるをえない。かりに誰かが「医者」を名乗って、患者を治療できなかった場合には、死罪の危険すらあった。だから医者に確信がないときは、患者が病気になったとんでもない理由をでっちあげておいて、患者が世のわずらいを振りすてた際に、きまって誰かほかの人(しばしば患者本人)の犯した間違いのせいにしてしまったわけである。

ゴルフ・コースの最終ラウンドに向かっている医者を待つ間に、コーディリアの臨終を看取るリア

　シェイクスピアは医者のことをほぼいつも無能な輩として描いている。いや、彼の時代に医学的知見を拡大しようと多くの実験がおこなわれたことはたしかだ。とはいえ、麻酔もない時代のこと、大量のアルコールと切れ味するどいメスと何ごとにもめげない丈夫な胃腸が欠かせなかったのだ! 治療法はまだ概して迷信と魔法にもとづいたものだった。

　基本的には肝臓から発散される4つの「ヒューマー」(体液)が人体の生理機能を構成していると考えられていた。その配分に応じて、人は憂鬱(黒胆汁質)になったり、快活(多血質)になったり、癇癪もち(黄胆汁質)になったり、冷淡(粘液質)になったりするとされた。このヒューマーは占星術の天宮図にも関連づけられていた。かに座、さそり座、魚座は黒胆汁質、双子座、天秤座、水瓶座は多血質、牡羊座、獅子座、射手座は黄胆汁質、牡牛座、乙女座、山羊座は粘液質だった。ヒューマーとは血液と黄胆汁と黒胆汁と粘液という体内を流れる4つの液体にもとづく発想だった。このおかげで人間の肉体や精神の健康状態が決定されるとみなされていた。この考えの背後に

1480年頃	1500年	1742年
手描きの壁紙がフランスではじめて製造される。	スイスの獣医が妻におこなった帝王切開術に成功する。	ヘンデルの『メサイア』がダブリンで初演される。

医者は何でも手に入りゃ混ぜ合わせてみるもんだ（トロフィーヌ・ビゾット、1595）

《死の医者》

1511年、イギリス議会は「ロンドン市に在住する何人たりとも……まず最初にロンドン司教によって試験をされた後、認可承認を受けないかぎり、医師ないしは外科医として開業してはならない」と定めた。しかし30年後には「薬草、根菜類、鉱水に関する知識を有する者」は誰でも「医者」を名乗ることが許可されたのである。

ある理屈は、それぞれの液体が有毒ガスを発散し、脳に昇っていく（ここから有毒ガスの「発作」が起こる）というものだった。血液が過多の人は幸福な気性を有し、黄胆汁過多の場合は暴力的に傾き、粘液がありすぎると臆病になり、黒胆汁が過剰なときには怠惰になるとされた。これらがアンバランスになると憂鬱になると思われていた。

憂鬱な気性の副産物はヒステリーだった（ラテン語のヒステリカ・パッシオは「母親の発作」という意味だ）。シェイクスピア自身の娘スザンナもこの病気に悩まされた。どういうわけか、哀れな老王リアがそう叫んでいるのだ──「この癇癪（原文では 'mother'）が心にあふれんばかり！／ヒステリカ・パッシオ、おさまってくれ、悲しみがこみあげてくる／癇の種は腹の中におさまってくれ」（『リア王』第2幕第4場）。リアのかかえた問題は女性特有のものということになるのか（さては進行性の病気か）。中世初期から19世紀にいたるまで、女性は子宮(hyster)の「病」に苦しんで、呼吸困難、局部麻痺、痙攣、気力喪失を引きおこすものと考えられた。その「原因」は性交渉の欠如か月経の鬱滞のいずれかにあるとされた！ この点は女性が男性に比較して弱者であることの好都合な隠喩とされたため、この「病」は家父長制度において女性が被支配下に置かれることを正当化する遠因となったのである。この病状を改善する最上の治療法が結婚であるとみなされたことは驚くにはあたらないだろう。

《大向こうのゴシップ》

シェイクスピアは心臓、肝臓、脳という3つの器官にしばしば言及している。肝臓は人間の気質が形成され、血液が生産される源であるとみなされ、心臓によって動かされていると考えられていた。心臓は生命や感情の中心であるとされた。脳は理性、記憶、想像力の源泉であり、「理性的な魂」の宿るところでもあった。

シェイクスピアの世界

1968年	1969年	1976年
CBSテレビのドキュメンタリー番組『アメリカの飢え』で世界で一番裕福な国における欠乏疾患の拡大が紹介される。	ニール・アームストロングとバズ・オルドリンは初の月面着陸に成功、ヒューストン宇宙管制センターに「鷲は舞いおりた」と伝える。	グラムロックのスター、デイヴィッド・ボウイが主演するニコラス・ローグ監督『地球に落ちてきた男』が公開される。

1968年から宇宙暦2817.6年にかけて
「マクダフ、私を転送してくれたまえ！」
劇聖も想像すらつかないところへ

「クリンゴン帝国の原語で読まなきゃ、シェイクスピアの真価はわからないよ」とは、『スター・トレック』映画版第6シリーズ「未知の世界」でのチャン将軍の言葉である。となると、シェイクスピアを長年かけて研究してきた地球上のすべての学者の努力も、あわれ水泡と帰するのか！

クリンゴン風の憂うつなデンマーク人

テレビと映画で製作された見事な『スター・トレック』のシリーズには、劇聖の作品への言及がたくさん見られる。多くの劇聖愛好家がトレッキー（『スター・トレック』の熱心なファンのこと）になったものである。多くのエピソードにおいて、シェイクスピアのプロットや登場人物に直接もとづくものが出てきたり、しばしばシェイクスピアの引用がそれも1本の脚本の中に複数の芝居を混ぜて使われていたりするのである！「王の良心」（邦題「殺人鬼コドス」）は『ハムレット』から題名とプロットを借用したもの（まさに「役者たち」の一行が登場して、『ハムレット』を上演、カーク艦長が殺人鬼の罪を暴くのに役立つのである）。『ハムレット』がお気に召さないという人のために、このエピソードには『マクベス』に触発されたアクションやせりふもかなり含まれている。「手先」（邦題「惑星パイラスセブンの怪」）もまた同様である。「心の短剣」（邦題「悪魔島から来た狂人」）も忘れられない1編、「プラトンの継子」（邦題「キロナイドの魔力」）には『テンペスト』からの美麗なせりふが挿入されている。「未知の世界」はその題名の指し示すとおり、『ハムレット』からの借用が見られ、立ち去るチャンが「別れはこんなにも甘く悲しい」というジュリエットのせりふを口にするほど。最後の決戦の際には、彼は「みなの者、あの突破口へ向けて前進だ！」（『ヘンリー5世』第3幕第1場）と叫ぶのである。極めつ

颯爽たるキャスト。『スター・トレック――ネクスト・ジェネレーション』

1981年
ソニーのウォークマンが個人で楽しむステレオを流行させる。

1984年
レーザー光線によって目標に的確に誘導できるミサイル「スマート爆弾」が開発される。

1999年
アメリカの学生ブリトニー・スピアーズがチャートのトップに立つ。10代のポップスター人気に火がつく。

《大向こうのゴシップ》

「未知の世界」にはカナダ出身の俳優クリストファー・プラマー (1927–) が出演している。おそらく、彼の正調イギリス風のアクセントのゆえに、プロデューサーたちがシェイクスピアを一くさり引用する地獄の天使チャーリー・チャンの役にピッタリだと思ったのにちがいない。プラマーはクリンゴン人の反逆者の役柄をまるで RSC の舞台俳優のごとくに作りあげたのである。

けは、「クリンゴン人には手が、内臓が、……愛情や感情がないというのか？ くすぐってみても笑わないというのか？ つついてみても血が出ないというのか？」(『ヴェニスの商人』第3幕第1場のもじり)!

筆者の個人的な好みをいわせてもらえば、『スター・トレック——ネクスト・ジェネレーション』が気に入っている。「ファーポイントの邂逅」(邦題「未知への飛翔」)においてピカード司令官は「法律家を皆殺しだ！ 最初にすべきは、法律家を皆殺しにすることだ！」(『ヘンリー6世第2部』第4幕第2場)と語っている。「ネイキッド・ナウ」(邦題「未知からの誘惑」)においては、アンドロイドのデータが「つついてみたら、ええっと、油が漏れないというのか？」(『ヴェニスの商人』)と語る。「ハイドとQ」(邦題「死のゲーム」)では、Qが「銀河はすべて舞台だ」と言うと、ピカードが「世界だよ、銀河じゃなくて、世界はすべて舞台だ」と訂正する場面がある。ピカード役を演じているイギリス人俳優パトリック・スチュアート (1940–) が長い間ロイヤル・シェイクスピア・カンパニーで活躍してきた経歴がわかろうというもの！

とはいえ、これで終わりではない。アメリカで1992年に設立されたクリンゴン言語研究所は、驚くなかれ学者たちの少なからぬ応援も受けて、

宇宙船エンタープライズ号の艦長ジェイムズ・T. カーク役のウィリアム・シャトナー

その研究目的のひとつとして、「クリンゴン語」の原語によるシェイクスピア作品全集の復元をあげているのだ。そんな彼らの「誇るべき業績」のひとつが1996年3月に『ハムレット、デンマークの王子（復元クリンゴン語版）』の出版だった。今後、『空騒ぎ』と『マクベス』の翻訳をくわえることを希望しているという。楽しみに待ちたいと思う。あるいは、'buy nqop' と言うべきだろうか。これはクリンゴン語で「そいつはいいニュースだ」(文字通りには、「お皿は山盛り」)という意味である。

まさに悪役の面がまえ！チャン将軍役のクリストファー・プラマー

《登場人物表》

カーク艦長役のウィリアム・シャトナー (1931–) は、キャリアのそもそもはオンタリオ州ストラットフォードでシェイクスピア劇俳優だったのだが、1994年に『スター・トレック』ファンが集う大会にゲストとして登場した。最初はうまくこなしていたのだが、そのうちにおたく連中から受ける質問にうんざりしてしまった。「いいかげんにしろよ、まったく。なんてこったい、ありゃあ、ただのテレビ番組だよ！」ウィリアム・シェイクスピア本人であっても、いたずらに細部にこだわるバードロジストに向かっては、同様のことばを叫んだのではないかな。

シェイクスピアの世界　133

1992年
『ヴァニティ・フェア』誌のかつての編集長、イギリス生まれのティナ・ブラウンは『ニューヨーカー』誌の編集を引き継ぐ。

1993年
携帯電話は世界中の主要都市で普通に使われるようになる。

1994年
イギリスのマイク・ニューウェル監督の低予算映画『フォー・ウェディング』の葬式の場面で「時計を止めて」が朗読され、オーデンの詩にたいして関心が喚起される。

1980年から来栗にかけて
サイバースペースを超えて
シェイクスピアでネットサーフィンすると

　もし巨大なウェブ上の検索エンジンに「シェイクスピア」という文字を打ちこんだら、おそらく50万ページ以上にもわたって項目があがってくることだろう！　むろん、その中には「清潔な下洗いならロン・シェイクスピア・クリーニング店におまかせください」的な言及も含まれていようが、とにもかくにもたいへんなことになっているのである！

　インターネットが世間に普及してほぼ20数年程度、ワイド・ワールド・ウェブにいたってはまだ10数年だが、この間にパソコン利用者の数は信じられない勢いで増加した。この状況は間違いなく継続されて、電気と同じくらいにごく当たり前のものになっていくだろう。シェイクスピアのせりふや芝居や詩やソネットのすべてがネット上にあふれており、商業的なものにせよ学問的なものにせよ、個人サイトにせよ関連サイトにせよ、その数は増幅していくばかり。シェイクスピア・ネットマニアなるものすら、すでにかなりの数存在しているのである。

　何がしかの存在であれば、必ずや公式ウェブサイトをもっているはずだ！　ロイヤル・シェイクスピア・カンパニー、シェイクスピア・バースプレイス・トラスト、少なくともアメリカ、イギリス、カナダのフェスティバル・シアターのすべて（だろうと思う）、新築なったロンドンのグローブ座、テキサス

ロイヤル・シェイクスピア・カンパニーのウェブサイト上の劇聖

《劇聖の聖書》
　サイバースペイスにはこんな「証拠」もあがっている。ジェイムズ王の勅命による『欽定訳聖書』は、1611年4月に初版が出版されたのだが、そのときシェイクスピアは46歳だった（本当！）。「詩篇第46篇」を見てもらうと、その46番目の単語が'shake'なのである（これも本当！）。詩篇の最後から46語さかのぼると、その最後の語が'spear'である（いや、本当の話。もう勘弁してって、泣いている人は誰？）

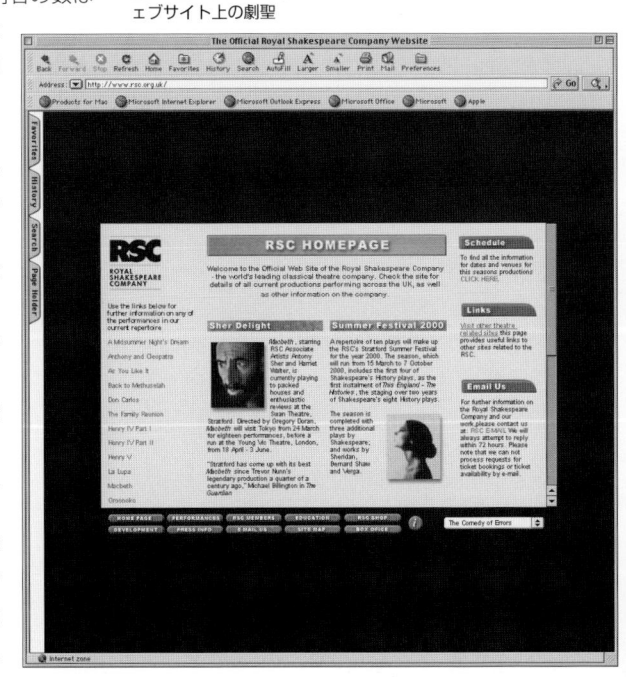

1995年
発見された追悼詩の作者がシェイクスピアであると特定される。「君をどれほど評価していたか分かってもらえなかったとあれば、ぼくの愛は不注意だったと告白しよう」。

1999年
ソニーのプレイステーションの『トゥームレイダーIII』のサイバー・ヒロイン、ララ・クロフトは国際的なセックス・シンボルとなる。

2000年
アメリカで環境に優しい電気自動車スパロー・カーが市販される。1人乗りの3輪車で、13個のバッテリーで駆動される。

州の以前からあるグローブ座などなど。さらに世界中の国に関連サイトがあることだろう。

限られた誌面で多くに触れることはかなわないが、最上のもののひとつに「劇聖の作品」(The Works of the Bard)があり、ネット・サーファーにウェブ上で最古のシェイクスピア関連サイトであると名言、1993年以降で800万件を超えるアクセスがあったとしている。全作品を場面ごと、登場人物ごと、せりふの引用ごとに検索可能で、その先に重要なサイトへのリンクが提示され、さらにその先にまたリンクがあって、とはてしなくつながっていく。「シェイクスピア作品集」(The Collected Works of Shakespeare)は30以上のリンク先を示しており、中には「ウィリアム・シェイクスピア氏とインターネット」(Mr William Shakespeare and the Internet)というすばらしいサイトがある。サイトによっては、個別の芝居や登場人物にしぼられていたり（ハムレットが一番人気である）、テーマ中心のところもある。各人が独自に作ったシェイクスピア風の侮辱の言葉をあげ連ねるサイトもあるくらいだ！　大学や学校が制作した「ヴァーチャル・クラスルーム」もあり、これは誰でも閲覧可能である。作品の真の作者は誰か、といった議論をえんえんとおこなっているサイトもある。これはじつに興味深いもので、急ぎとご用のない方にはぜひお勧めしたいところ。

シェイクスピアのはじめての本拠劇場がグローブ座と呼ばれたのは、きわめて予言的だった。400年以上たった現在、理論上は、彼のどの芝居であれ地球上の全人類によって同時に閲覧するこ

劇聖の生涯の事実や記録に関して、ぜひとも見るべきサイト

とが（ことによったら近々観ることでさえ）可能なのである。

《大向こうのゴシップ》

2000年4月にシェイクスピア・バースプレイス・トラストはシェイクスピア・センターと共催で、毎年恒例のシェイクスピアの誕生日のお祝いの一環として、グローバル・ユース・パフォーマンス・フェスティバルを発足した。11歳から30歳までの若者を対象に、マルチメディアを使用したパフォーマンスの創作を奨励、劇聖の作品がラジオからインターネットまであらゆる媒体を通じて観客を獲得する時代になった！

シェイクスピアの世界

エンドピース

　劇でも詩でもソネットでもないという理由から、印刷媒体にめったに登場の機会のないウィリーの叡知の一形態が墓碑銘である。シェイクスピアはそうした碑文をいくつか書いたと推測されている。そのあるものはジョークだったり、また別のあるものはまじめな文だったりする。作者が彼であることを証明する手立てがまったくないわけではないが、そうたくさんの証拠があるともいえない。ということから、ある種逸話めいた内容の話になる。

　感動的といっていい好例がある。トマス・スタンリーという騎士にしてダービー伯の息子の墓に見られる碑文だ。いやむしろ正確にいうなら、墓の片側にそれぞれ一つずつ銘文が刻まれているのである。東側には、次のような詩が掲げられている——

　　ここに横たわる者について尋ねることなかれ、涙を流すことなかれ、
　　その者は死去したにあらず、ただ眠りに誘われただけなのだ。
　　この石碑に刻まれた記録はただその者の遺骨のため、
　　彼の名声はこれらの墓石よりも永の年月残るだろう、
　　彼の善良さは、たとえその肉体が消え失せても、
　　どのような地上の記念碑にも劣らず生き永らえるだろう。

　西側には、こう書いてある——

　　記念の石碑は我らの名声を保存することはかなわない、
　　天をも摩するピラミッドですら我らの名誉を保てない。
　　この墓に納められたかの人の記憶は
　　大理石はもとより、損壊者の手よりも長く残るものだ。
　　すべてが「時」の魔の手によって消費されるとき、
　　この墓に眠るスタンリーは天国にあって立ち上がるのだ。

沈思黙考中のジョウゼフ・ファインズ。イギリスの劇作家トム・ストッパードがウィットに富んだ脚本を提供した『恋に落ちたシェイクスピア』の主演俳優

　とはいうものの、これらの詩行が同一の人物のために書かれたものか、いや第一、どの「スタンリー」なのかについても確証はないのである。
　シェイクスピアはまたパドル・ウォーフの醸造業者イライアス・ジェイムズのために墓碑銘を書いたと推測されている（ブラックフライアーズ座の近隣なので、きっと舞台裏にはビールがパイプ輸送されたことだろう）。もっともこれは正直に

いうと、かなり退屈な詩で、この醸造業者をまるで「神様」のように持ちあげている（まあ、それはそれで一級品だが）。

　　神が望まれたとき（世界中の人は哀しんだにせよ）
　　イライアス・ジェイムズは自然の手に負債を返却する
　　　ことになった、
　　そしてここに休息の地を見つけた。彼の生涯と死に関
　　　して
　　よく言われることには確かな信憑性がある、
　　「見上げるべき人生に、幸せなる死が来たれり」
　　そう、真実はたくまずして語るものなり、
　　かの者は神聖なる人生を全うし、他界したのだ、と。

この詩がシェイクスピアによって書かれたとすることについては多くの人が否定的だったけれども、近年の研究ではおそらく間違いないという線で固まってきているようだ。

　ウィンザーの騎士リチャード・バーグとロチェスターの大執事トマス・プルームの残したメモの中に、ある宿屋でシェイクスピアとジョンソンがたがいに墓碑銘を書きあうゲームを楽しんだという逸話がある。ジョンソンがシェイクスピアについて何を書いたかという記録は残っていない。ジョンソンが自分について「ベン・ジョンソンここに眠る、この者は」とはじめたところで、シェイクスピアがペンを取りあげて、こう結んだというのだ――「ベンジャミンここに眠る、あごにちょび髭をたくわえて、／生きていた折にはのろまな奴だったが、今や死して／のろま以上に動かざるものになった」。このコメントは態度がぐずで有名だったジョンソンへの痛烈な皮肉となっている。

　劇聖が書いたとされるもっとも名高い墓碑銘は、1602年に彼に土地を売却したことのあるジョン・A. クームのためのものだ。クームは金貸しで、その利率たるや百分の十という高利だった。

　　百分の十がこの墓に眠る、
　　神が彼を救わない見込みは十分の百。
　　この墓に葬られた者は誰だ？
　　「おお」と悪魔は答えていわく「私のもの、クームの
　　　ジョン」。

シェイクスピアはジョンの兄弟のトム・クームにたいしても墓碑銘を書いたとされる。

　　髭は薄く、財布は厚い、
　　これほど愛されなかった男も珍しい、
　　多くの呪いとともに墓に直行せり、
　　悪魔と彼とは同じ乳母のもとで育ったからだ。

うわさによると、クーム兄弟はこれらの言葉に深く傷ついて、終生シェイクスピアを許さなかったという。とはいうものの、1613年にジョン・クームはシェイクスピアに5ポンドの遺産を遺している。気でも変わったのだろうか。

　ジョンソンだけがシェイクスピアに墓碑銘を捧げた唯一の人物というわけではない。『フォリオ』の第26番（フォルジャー図書館所蔵）には、次のような匿名の献辞が含まれている。

　　ここにシェイクスピア眠る、死以外の何物も彼を揺り
　　　動かすことあたわず
　　すべての審判を目覚め
　　　させる人こそ彼だ
　　最後の審判のトランペ
　　　ットが彼の目を開ける
　　　とき
　　世界最大の詩人は立ち上
　　　がることだろう。

皮肉っぽかったり、あつかましかったり……

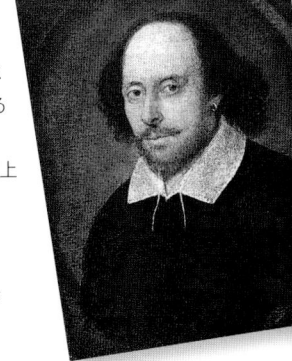

シェイクスピアの世界　　137

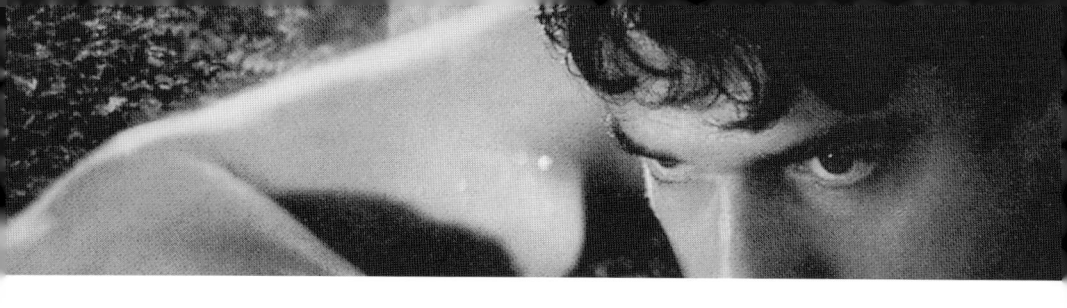

演劇用語集

「道化の棒」で「ジャグリング」したり、「セキレイ」の「肉を切り分け」たりする前に、この用語集に目を通してもらいたい。語彙やスラングはシェイクスピア時代と現代とでは大きく異なっているけれども、人生の重大関心事はさほど当時と変わっていないのである。

○ アーカイブ (Archive)
公文書が保管される場所。

○ 尼寺 (Nunnery)
『ハムレット』第3幕第1場の「尼寺へ行け」の名せりふでおなじみ。女子の修道院という意味ばかりではなく、売春宿をあらわすエリザベス朝のスラングとしても「尼寺」が使われていたことから、地口となっている。

○ 淫婦 (Strumpet)
'whore' という語も使われる。倫理観のかけらもない娼婦のこと。『ハムレット』第2幕第2場の「運命の女神よ、汝は淫婦」。

○ 『ヴォーティガン』(Vortigern)
シェイクスピア作と伝えられたが、実は18世紀の贋作者ウィリアム・ヘンリー・アイアランドの偽造だった。1796年にドゥルリー・レイン劇場で上演されたが、お笑い種として演劇界から放逐された。

○ 失われた年月 (Lost Years)
1585年から1592年の間、シェイクスピア本人の所在や活動に関して記録が残されていない期間のこと。卑猥なうわさ話だけはいろいろと記録されているのだけれども。

○ 桶屋 (Cooper)
醸造用に使用される樽や桶の製造業者。

○ 乙女 (Pucelle)
中世フランス語で「乙女」あるいは「処女」の意。『ヘンリー6世　第1部』第1幕第4場。

○ おめでたい亭主 (Wittol)
妻の不貞を黙認する夫のこと。みずからの無能のゆえか、あるいは自分の放蕩を正当化するための便法であるかもしれない。

○ 楽屋 (Tiring-house)
役者が芝居の開演する前に衣装を着替える場所。公衆劇場では舞台の背後にあった。近年では、「グリーン・ルーム」(green room) という語が使われる。

○ 仮装 (Disguising)
パジェントや仮面劇に参加する宮廷人たちのお気に入りの余興。仮面のかげに正体を隠して、みだらな恋愛遊戯を可能にした。44ページの宮廷祝典局長の項参照。

○ かぶりもの (Head-tire)
頭飾りの類。通常は特殊な場合のために製作されたものを指す。

○ 仮面劇 (Masque)
寓意的ないしは神話的な主題からなる私的な娯楽。詩、音楽、舞踏、仮装、贅をつくした衣装と舞台装置。

○ カリン (Medlar)
シェイクスピアは股間の象徴として用いている。女性の性器の意味をほのめかすこともある。

○ 皮職人 (Whittawer)
手袋のような皮革製品の製造業者のこと。乗馬用の鞍なども作る。

○ キャップケース (Capcase)
小型の旅行用のかばんやスーツケースのこと。

○ 宮廷祝典局長 (Master of the Revels)
「無秩序の主人」の宮廷版の名称。芝居と俳優の選択に責任をもった。

○ クォートー版 (Quarto)
全紙を二つ折りにして4葉8ページとした版。つまり、フォリオ版の半分の大きさ。

○ 鯨 (Whale to Virginity)
「あの若い伯爵はまるで処女にたいしては鯨のよう、目に入り次第に小魚をむさぼるのです」（『終わりよければすべてよし』第4幕第3場）のように、とめどない猛烈な女たらしのことを指していう。

○ 熊使い (Bearward)
熊いじめ（つないだ熊を犬にいじめさせた娯楽）のために熊を飼っている人。

○ けだもの (Beast)
人間と神々の双方に用いられる語（たとえば『オセロー』第1幕第1場の「腹はひとつで背中はふたつのけだもの」）。神々に当てはめて使われる場合には、性的な妄執にとらわれた動物（人間）のようにふるまうという意味。人間を指す場合には、動物のような性欲の持ち主であるという意味。

○ 小刀 (Paring Knife)
手袋職人が皮を切断するのに用いるナイフの意味で、シェイクスピアが使用している語。

○ 小道具 (Property)
芝居で使用される道具類や衣装のこと。

○ シェイクスピア風ソネット (Shakespearean Sonnet)
各連が4、4、4、2行からなる14行詩で、弱強5歩格の韻律をもつ詩形。行末の脚韻は、abab, cdcd, efef, gg の順番に韻を踏んでいる。

○ 仕着せ (Livery)
制服の一種。貴族は固有の仕着せを作り自分の使用人に着用させていた。

○ 死ぬ (Die)
性的な興奮の絶頂に達することを指すエリザベス朝のスラング。

○ 「尿瓶をぶっこわす」('Knog His Urinals')（『ウィンザーの陽気な女房たち』第3幕第1場）
誰かの睾丸を結わいつける、の意。男性の器官を切断してやるぞ、と喜劇的に脅す表現。「内臓を靴下止めにしてやる」(guts for garters) という表現に類似する。

○ 市民 (Burgher)
自治区や町の市民。

○ ジャグリング (Juggling)
性交渉をあらわす婉曲語法。ジャグラー（曲芸師）のあつかう玉を睾丸に見立てたところから。

○ 弱強 5 歩格 (Iambic Pentameter)
1 行が 10（ないし 11）音節からなる詩のリズムで、弱強という具合に 1 組をなして、各組の 2 つ目の音節に強勢が置かれる。

○ 十分の一税 (Tithe)
所有する土地、物品あるいは家畜から収得した収益の十分の一を徴収する税。

○ 装束をつける (Tire)
'attire' から来た語。飾り物や衣装全般を指す場合もある。

○ 聖史劇 (Mystery Play)
聖書の物語に基づいた中世劇。'mystery' という語は、「神秘」という意味ではなく、「職業」という意味の古語に由来する。

○ セキレイ (Wagtail)
鳥の名前ではない。ふしだらな好色女のこと。ときに女たらしを指して使われることもある。

○ ダーク・レイディ (Dark Lady)
『ソネット集』の多くの詩編が捧げられている、神秘のヴェールに包まれた女性。宮廷の女官だったメアリー・フィットンである、との説がある。

○ ダブレット (Doublet)
男性の胴衣。通常、腰の部分がくびれていて、別個に袋状のそでが留め紐で結びつけられている。

○ 稚児 (Catamite)
修道士のセックスの相手をする少年。

○ 道化棒 (Bauble)
「ペニス」の隠語。

○ 留め紐 (Points)
布地の合わせ目に用いた先金具付きのひも。

○ 鳥の巣 (Bird's Nest)
女性の陰毛および性器。『ロミオとジュリエット』第 2 幕第 5 場の「暗くなったら鳥の巣によじ登らなければ」。

○ 肉を切り分ける (Carving)
気があるというそぶりを見せるという意味に転化し、女性が酒を飲む際に器から小指を離し、小刻みに動かすしぐさを指す。商談に応じるという意味の売春婦のシグナル。

○ 年代記劇 (Chronicle Play)
歴史劇のひとつの形式。

○ バードラトリー (Bardolatry)
シェイクスピアを熱狂的に崇拝すること。

○ ヒステリー (Hysterica Passio)
「母親の発作」という意味のラテン語ヒステリカ・パッシオに由来する。憂鬱病の副産物で、性交渉の欠如や月経の鬱滞が引きおこすとされた。熱心にジャグリングすれば治癒が見こまれるともされた。

○ ひだえり (Ruff)
女性のドレスの首回りのフリルのこと。女性性器を指すスラングでもあり、その意味では現代英語の「マフ」(muff) に近い。

○ ヒューマー (Humours)
4つの体液。肝臓から発生する、血液、黄胆汁、黒胆汁、粘液のことで、人間の肉体的かつ精神的な状態を決定づけると考えられていた。

○ 平土間の客 (Groundlings)
劇場内で立ち見のまま、また最低料金で観劇した客。

○ ファージンゲール (Farthingale)
女性のスカートのすそを広げるのに用いられる、鯨の骨でできた腰の周囲の張り輪。

○ ファウル・ペイパー (Foul Papers)
役者、制作者、舞台監督が取り組む芝居のあらましが書かれた下書き。

○ フォリオ版 (Folio)
全紙を二つ折にして2葉4ページとした版。この大きさの用紙で作られた書物もフォリオと呼ばれる。『ファースト・フォリオ』の名の由来となった。

○ フランス病 (Malady of France)
梅毒の別称。フランスからイギリスにもたらされたのでこの呼び名がついた。

○ ベドラム (Bedlam)
ベツレヘム王立病院のこと。1247年に創立、1403年にはイングランドで最初の精神病患者を収容する病院となった。精神病を病んだ人への総称として、「ベドラムのトム」という言い方があった。

○ 宝石 (Jewel)
処女や貞節をあらわす口語的な表現。『ペリクリーズ』第4幕第6場の「おまえがそれほど大事に思う宝石」。

○ 牧草地 (Bottom-grass)
草原の谷間に密集して生える丈の短い草むら。二重の意味として、股や臀部に生える毛を指す。『ヴィーナスとアドーニス』236行。

○ マンドラゴラ (Mandrake)
「このマンドラゴラ野郎」(『ヘンリー4世 第2部』第1幕第2場。催眠作用のある薬草。土中から引きぬかれる際に、叫び声をあげると想像されていた。マンドラゴラは邪悪なものと連想され、またある種の特徴があるとされた。たとえば、絞首刑にされると、人の体は体液を射出するものと信じられていたが、その体液が地面にたれて、そこにマンドラゴラが生えると考えられたのである。

○ 娘 (Puzzel)
「売春婦」の意味のエリザベス朝のスラング。前掲「乙女」参照。

○ 無秩序の主人 (Lord of Misrule)
冬季の祝祭の最中に選ばれ、主として学生や徒弟による悪行が進行するのを「司会」する立場の者。「クリスマスの王」の名によっても知られる。

○ モリスダンス (Morris Dancing)
伝統的な舞踏の一形式。起源は、中世、あるいはそれ以前にまでさかのぼる。鈴とハンカチーフを身にまとって踊り、棒を用いた擬闘も含まれる。

○ 矢羽職人 (Fletcher)
矢を製造する職人。

シェイクスピアの世界

訳者あとがき

　前著『演劇の世界』に引き続き、同じ著者ロブ・グレアムによる『シェイクスピアの世界』を上梓できるのは、訳者としてこの上ない喜びである。
　シェイクスピアの名前を耳にすると、難しいのでは、かた苦しいのでは、という危惧の念を抱く若い世代の人も多かろう。しかし、今日の日本の演劇界を見わたすかぎり、優れた演出家、魅力的な俳優、実力ある裏方がそろった充実の舞台に接することは決してめずらしくない。実際、そのようなシェイクスピア劇が、最新の設備の整った劇場で上演されて、たくさんの若い観客を集めている。
　海外にまで令名の轟く演出家や劇団がある一方で、わかりやすい日本語によってシェイクスピアの魅力をあますところなく伝える翻訳も続々と出版されている。今こそ、シェイクスピアを十二分に楽しめるよい機会なのではないか。ただ、舞台はなにぶんにも生ものなので、ぜひとも劇場に足を運んで、見事な上演に接していただきたいと思う。
　本書の著者ロブ・グレアムは、イギリスのブルネル大学でシニア・チューターの職責をになっており、かつて同大学の映画・テレビ研究科の主任を務めていた。前歴としては、俳優・演出家の経験があるほかに、舞台や映画の制作に携わったこともあった模様。そのような経歴から察せられるとおり、幅広い知識と現場の体験に裏づけられた劇的な直観が本書の魅力になっていると思う。シェイクスピアの生きた時代、彼の生涯、作品、評価、またシェイクスピアが後の世の人に与えた影響力などについて、きわめて興味深く書かれた読み物である。劇場でシェイクスピアを鑑賞する手引きとして、またシェイクスピアを楽しく読むための一助としていただければ幸いである。
　今回もまた、ほんのしろの本城正一氏にお世話になった。シェイクスピアの『ソネット集』の献辞をもじっていうなら、氏こそ本書の "the only begetter"（生みの親）ということになるだろうか。
　最後に、本書出版に際して、多大なご協力を賜った開文社出版社長、安居洋一氏に感謝いたしたい。

　　　2008年3月

　　　　　　　　　　　　　　　　　　　　　　　　　　　佐久間康夫

シェイクスピア作品推定創作年代リスト

　シェイクスピアの各作品がいつ書かれたかに関しては諸説あり、学者の間でも定説として意見の一致はかならずしも見られるわけではない。そこで読者の便宜をはかるために、現在もっとも信頼性が高いと思われる G. ブレイクモア・エヴァンズ他の編集になるシェイクスピアの作品全集『リヴァーサイド・シェイクスピア』第 2 版（ホートン・ミフリン、1997）で提案されたシェイクスピア作品の推定創作年代の一覧を掲げておく。

　なお、本訳書で作品名に付された年代は、文脈に応じて出版年であったり初演された年代であったりしているので、下記の年号とは一致しない場合もある。また、本文では触れられていないものの、最近の研究でシェイクスピアが書いたことがほぼ確実とされる作品もこのリストには含まれている。

『ヘンリー6世　第1部』	1589–90	『空騒ぎ』	1598–99
	（改訂 1594–95）	『ヘンリー5世』	1599
『ヘンリー6世　第2部』	1590–91	『ジュリアス・シーザー』	1599
『ヘンリー6世　第3部』	1590–91	『お気に召すまま』	1599
『リチャード3世』	1592–93	『ハムレット』	1600–1
『ヴィーナスとアドーニス』	1592–93	『不死鳥と山鳩』	1601 頃
『間違いの喜劇』	1592–94	『十二夜』	1601–2
『エドワード3世』	1592–95	『トロイラスとクレシダ』	1601–2
『ソネット集』	1593–1609	『恋人の嘆き』	1602–8
『ルークリースの陵辱』	1593–94	『終わりよければすべてよし』	1602–3
『タイタス・アンドロニカス』	1593–94	『尺には尺を』	1604
『じゃじゃ馬ならし』	1593–94	『オセロー』	1604
『ヴェローナの2紳士』	1594	『リア王』	1605
『恋の骨折り損』	1594–95	『マクベス』	1606
	（改訂 1597）	『アントニーとクレオパトラ』	1606–7
『サー・トマス・モア』補訂	1594–95	『コリオレイナス』	1607–8
『ジョン王』	1594–96	『アテネのタイモン』	1607–8
『リチャード2世』	1595	『ペリクリーズ』	1607–8
『ロミオとジュリエット』	1595–96	『シンベリン』	1609–10
『夏の夜の夢』	1595–96	『冬物語』	1610–11
『ヴェニスの商人』	1596–97	『テンペスト』	1611
『ヘンリー4世　第1部』	1596–97	W.S. による「挽歌」	1612
『ウィンザーの陽気な女房たち』	1597	『ヘンリー8世』	1612–13
	（改訂 1600–1 頃）	『カーディニオー』（紛失）	1612–13
『ヘンリー4世　第2部』	1598	『血縁の2公子』	1613

シェイクスピアの世界　143

英文索引

actors 13, 34–5, 83–5, 88–9, 92–5
Aldermen 82–3
All's Well That Ends Well **74–5**
Antony and Cleopatra **67**, 85, 103, 123, 127
Arden, Mary 16, 23
art 124–5
As You Like It **73**, 97
astronomy 126–7

Bacon, Francis 21, 69
Bardolatry 22–3, 91, 124
birthplace 16, 22, 23

Chronicle plays 68–71
comedy 46–7, 72–5, 87, 114–15, 123
The Comedy of Errors **72**, 105
Coriolanus 49, **67**, 90–1, 97
Cymbeline **76**, 77

Dark Lady 80–1
Davenant, Will 32, 84–5
De Vere, Edward 20–1
death 17, 40–1
disease 121, 130–1
disguise 73
drink 24–5, 32–3
dumb shows –

Elizabeth I, Queen of England 12–13, 15, 26, 32–3, 37–8, 43–5
epitaphs 136–7
evil 120–1

festivals 14–15, 44–5, 108, 109, 112–13
films 98–107
First Folio 22, 26, 41, 68
food imagery 122–3
Fools 59, 114–15
forgeries 90–1

Globe theatre 13, 34, 38, 43, 84, 110–11, 135

Hall, Elizabeth 19
Hamlet **50–1**, 87, 95, 113
  art 124, 125
  films/TV series 96, 98, 100–1, 104–5, 107, 132–3
  themes 120, 121
Hathaway, Anne 18–19, 41
Henley Street residence 16, 22, 23, 41
Henry IV Parts One and Two **69**, 71, 86, 102–3, 117, 123
Henry V 9, **71**, 100–1, 111, 113, 132
Henry VI Parts One, Two and Three 49, **68–9**, 116, 120, 125, 133
Henry VIII 21, **71**
Histories 68–71

iambic pentameter 78
insults 116–17
Internet 10, 134–5
intrigue 73
Ireland, William H. 90–1

James I, King of England 35, 46, 52, 128
Jonson, Ben 30–1, 34–5, 40–1, 45, 48, 74, 137
Julius Caesar 27, **66**, 101, 121
justice 46–7

King John **70–1**, 120, 121
King Lear 49, **58–9**, 84
  art 125
  features 117, 121, 127–9, 130–1
  films 99, 101, 105–6
King's Men 34, 35, 83

London 12–13, 34, 42–4, 82–9, 92–3
Lord Chamberlain's Men 34, 35
love 64–5, 74, 79, 118–19
A Lover's Complaint 78
Love's Labours Lost **72**, 100

Macbeth 21, 36–7, **52–3**, 85, 87–8, 93–6
  art 43, 125

144

features 49, 115, 116, 128–9
  films/TV series 99, 106, 132–3
Marlowe, Christopher 21, 29, 32–3
Measure For Measure 47, 48, **74**, **75**
The Merchant of Venice 47, **72–3**, 101, 105, 132–3
mercy 46–7
The Merry Wives of Windsor 24, 27, 38, 49, **72**, 117
A Midsummer Night's Dream **56–7**, 92, 96–7, 125
  features 48–9, 118, 122–3, 126
  films 102–3, 105
morality plays 12
Mr William Shakespeare Comedies, Histories & Tragedies see First Folio
Much Ado About Nothing 72, 99, 119, 123, 133
mystery plays 12

names 28–9, 48–9
New Place residence 22, 42, 43, 108

Olivier, Laurence 8, 51, 54, 95–6, 100–3
Othello 23, **60–1**, 87, 120–1
  films 98, 100, 103–4, 107

The Passionate Pilgrim 19, 79
Pericles 21, **76–7**
The Phoenix and the Turtle 78
Plough plays 121
poetry 78–9
Problem plays 74–5
Puritans 15, 23, 57, 82–3

quartos 26–7
The Rape of Lucrece 78–9
Richard II 45, 48, **70–1**
Richard III 8, 49, **54–5**, 87–8, 100–3, 120
Roman influences 36–7, 66–7
Romances 76–7
Romeo and Juliet **64–5**, 87, 118–19, 125
  films 11, 98–9, 104–5, 107, 136–7

Royal Shakespeare Company (RSC) 96, 108–9, 133, 134

school plays 12–13
Season of Revels 44–5
sex 65, 75, 79, 80–1, 119, 122–3
Shakespeare, Hamnet 18–19
Shakespeare, John 16–17
Shakespeare, Judith 18, 19, 41
Shakespeare in Love 29, 81, 99, 101, 109
Shakespeare, Susanna 18, 19, 40, 131
sonnets 78–81, 118, 121
spelling 28–9
Star Trek 132–3
Stratford-upon-Avon 16–17, 22–3, 40–3, 108–9

The Taming of the Shrew 36, **72–3**, 99, 102, 107
television 98–101, 104–5
The Tempest **62–3**, 85, 99, 101, 103, 124–5, 132
theatre 13, 37–9, 82–9, 92–7, 108–11
theatre companies 34–5, 83–4, 93
Timon of Athens 67
Titus Andronicus 66
tragedy 36–7, 51, 64, 71, 87
Troilus and Cressida **74–5**
Twelfth Night 19, 49, **72–3**, 105, 116–17, 119
Two Gentlemen of Verona 73, 112, 119

United States 23, 89, 93–6, 99, 102–3, 111–12, 132–3, 135

vengeance 46–7
Venus and Adonis 78, 79
Vortigern 90

Wanamaker, Sam 110–11
The Winter's Tale 33, **76**, **77**, 117
witchcraft 52, 53, 128–9
Wriothesley, Henry 79–80

シェイクスピアの世界 **145**

photographic credits

The publishers are grateful to the following for permission to reproduce copyright material. Every effort has been made to trace copyright holders and the publishers would be grateful to be informed of any errors or omissions for correction in future editions.

AKG, London: 16t (Victoria & Albert Museum, London), 43, 78/79 (Staatliche Kunstsammlungen, Kassel)

The Art Archive, London: 86, 125

The Art Archive/Garrick Club: 23, 47b, 55m, 66, 88t, 88b, 108, 110/111, 115b

Bridgeman Art Library, London: 15 (Guildhall Library, London), 17, 22b, 28, 30, 34, 52 (Victoria & Albert Museum, London), 55r (Royal Holloway and Bedford New College, London), 58/59 (Townley Hall Art Gallery and Museum), 60/61 (Museo d'Arte Moderno di Ca Pesaro), 63t (Royal Pavilion Museum, Brighton), 77 (National Gallery of Victoria and Melbourne), 80 (Boughton House), 83 (Rafael Valls Gallery), 84 (Bolton Museum Art Gallery), 87b (Walker Art Gallery, Liverpool), 91 (Guildhall Art Gallery, London), 124 (Roy Miles Gallery), 131 (Ashmolean Museum, Oxford)

Roger Viollet/BAL: 36 (Musée Saint-Denis, Rheims)

Cameron Collection: 25, 40, 48, 73t, 75, 120, 123, 130

Corbis, London: 73b, 74 + 76 + 97t (Robbie Jack), 92 (J. Gurney), 93, 95t
Corbis/Bettmann: 102m, 104, 110

Photographs Courtesy The Kobal Collection, London: 8 (Olivier Prods/London Films/Big Ben Films), 29 + 136, 81b 109 (Miramax Films/Universal Productions), 32/33 (Working Title /BBC/BR Screen), 48/49, 61 + 103b (Rolf Konow/Castle Rock/Dakota Films), 64 (Mirisch–7 Arts/United Artists), 94, 95m, 98 (Films Marceau/Mercury Prods), 99t (MGM), 98/99 (20th Century-Fox, 100 (Universal), 101t (Boyd's Co), 102t (United Artists), 106t (TOHO), 106b (Herald Ace-Nippon-Herald-Greenwich), 107t (Art Film AB), 107B (Mosfilm), 115, 122 (Columbia), 126 (Film 4/Arts Council/Capitol), 133 (Paramount)

The Performing Arts Library, London: 27 (Pete Jones), 33 + 67 + 74 (Fritz Curzon), 37 + 47t (Henrietta Butler), 45 (Michael Ward), 65m (Ben Christopher), 67 (Mark Douet)

PAL/Clive Barda: 49, 63b, 116, 117, 120, 126r, 128/129

Rex Features, London: 53, 27, 38, 53, 68, 70, 85, 97b, 101b, 111, 113r, 121

Other images from Private Collections

佐久間康夫（さくま　やすお）

青山学院大学文学部英米文学科教授。イギリス演劇専攻。1982年、青山学院大学大学院文学研究科博士課程単位取得済み退学。1992-93年、ケンブリッジ大学ウルフソン・コレッジおよび英文科研究員。著訳書に、G. J. ワトソン『演劇概論──ソフォクレスからピンターまで』（北星堂書店）、マーティン・エスリン『演劇の解剖』（北星堂書店）、『イギリス文学ガイド』共著（荒地出版）、ロビン・メイ『世界演劇事典』（開文社出版）、『イギリス生まれの物語たち』（松柏社）、『概説イギリス文化史』共著（ミネルヴァ書房）、ロブ・グレアム『演劇の世界』（ほんのしろ）など。『ロンドン事典』（大修館書店）、『スコットランド文化事典』（原書房）、『英語文学事典』（ミネルヴァ書房）に演劇関連の項目を執筆。NHKラジオ『ものしり英語塾』でシェイクスピアの講座を担当。

シェイクスピアの世界
SHAKESPEARE: A Crash Course

2008年4月18日　初版発行

著　者　ロブ・グレアム
訳　者　佐久間　康夫
発行者　本城　正一

発行所　ほんのしろ
〒343-0838　埼玉県越谷市蒲生 2-13-22-506
☎ 048-987-4863

発売元　開文社出版株式会社
〒160-0002　東京都新宿区坂町 26
☎ 03-3358-6288

印刷・製本／(有)春名製版印刷　代表・春名敦史
用紙・材料／真栄洋紙(株)　代表・真島昌人
カバー装丁／飛田和子

ISBN978-4-87571-998-4

Copyright © 2008 by Yasuo Sakuma
All rights reserved

落丁・乱丁本はお取り替えいたします

好評発売中

演劇の世界

ロブ・グレアム 著
佐久間康夫 訳

THEATER
A Crash Course

演劇ものしり帖

名作の紹介、劇作家のあっと驚く生涯
演劇史のこぼれ話、
役者や演出家の
突拍子もないエピソード